神様がくれた、100日間の優しい奇跡

望月くらげ

JN167612

STARTS
スターツ出版株式会社

あなたに出会って初めて、ありのままの自分を認めることができた
ただの私でいいんだって思うことができた
ねえ、隼都君
あなたと過ごしたのはたった一〇〇日間だったけど
私は、あなたのことが大好きでした

目次

神様がくれた、100日間の優しい奇跡

第一章

遠くから聞こえる救急車の音。自分の身体から流れ出る真っ赤な液体の熱さ。いつも落ち着いている彼が、大声で私の名前を呼ぶ、その頬から流れ落ちた汗の冷たさ。

夢のはずなのに、そのどれもがやけにリアルで。でも血まみれのはずが、痛みひとつ感じない身体に、ああこれはやっぱり夢なのだと妙に冷静に考える自分がいた。

夢の中で彼は、誰かと話をしていた。真っ黒な服を着た、白髪《はくはつ》の若い男性。あれはいったい誰なのだろう。

ふたりがなにを話しているのか聞きたいと思うのに、そう思う気持ちとは反対に意識はどんどん遠のいていった――。


ガクンと頭が落ちて、覚醒《かくせい》する。頬杖《ほおづえ》をついていた右手から頭が落ちたようで、慌てて前を見るけれど、公共の教師はそんな私に気づくことなく、まるで独り言のように教科書を読んでいた。

「萌々果《ももか》、堂々と寝すぎ」

隣の席の穴吹楓《あなぶきかえで》は小声で言うと、私の肩をつつきながらクスクスと笑う。

「その席、見晴らしがいいんだから気をつけないと。窓際で心地いいのかもしれないけど」

私は楓の言葉に、自分のひとつ前の席へと視線を向ける。今日も私の前は空席だ。

今日だけじゃない、高校生になって半年間、ずっとこの席は空白のまま。半年も来なければ、もうきっと登校してくることはないだろうとみんな薄々感じ取っていた。

それでも居場所だけはちゃんと残してあるからな、というパフォーマンスのように、今日も名も知らぬクラスメイトの席はそこにあった。

開くことすらしていなかった公共の教科書を申し訳程度に開き、私は先ほど見ていた夢のことを思い出す。目覚めた拍子にほとんどの部分は忘れてしまったけれど、妙にリアルだったことは覚えている。誰かが私の名前をずっと呼んでいたことも。

あれは誰の声だったんだろう。

なんて、あれは夢の中の話なのだ。夢の中なら私だってヒーローになれる、勇者にもなれる。……幸せな家族を作ることだって、できる。

胸の奥がざわついてくるのをごまかすように、教室のあちらこちらへと視線を向ける。不意に、黒板に書かれた日付が目に入った。十月十日。『先生が子どもの頃は〝体育の日〟といって祝日で、運動会をする学校も多かったんだ』なんてことを体育の先生が少し前に言っていた気がする。

暑くて仕方がなかった九月の上旬に比べ、開けた窓から入ってくる風が秋の風へと変化しているのを感じる。少し暑さは残っているけれど、たしかに運動会日和だったのかもしれない、と思いながら流れる雲を見つめていた。

そのあとは寝てしまうことはなく、時折風にはためく真っ白なカーテンに視界を塞《ふさ》がれながらも、なんとか授業をやり過ごした。

公共が終わり、次は英語か、とカバンから教科書を取り出そうとした私の腕を、隣の席から楓が掴んだ。

「ねえねえ、萌々果聞いてよ！」

「あ、ズルい！　私だって萌々果に話したいことあったのに」

「早い者勝ちだよー」

目の前で順番を争う友人たちに、授業の準備をしたらトイレに行こうと思っていた、とは言えず、へらっと笑った。

「どっちの話も聞くよ」

笑顔を作る私に「あのね！」と楓が話し始めたのは、昨日見たというドラマに出ていた脇役の男の子がとても可愛《かわい》くてカッコよかったという内容だった。

「笑顔がとっても可愛くて」

「えー、あの子より主役の子の方がカッコいいじゃん」

「わかってないなー、咲葵《さき》は。完成されたカッコよさよりも、未完成な危うさの方がいいんだよ」

肩をすくめる楓の隣で、わかってない、と言われた鴨島《かもじま》咲葵がポニーテールを揺らすと不服そうに頬を膨らませるのを「まあまあ」と宥めながら楓の方を向いた。

「ね、楓。その子の画像とかないの？　あ、咲葵の言ってるカッコいいって子も気になるなー」

どっちつかずとも取られかねない言葉だったけれど、ふたりとも「ちょっと待ってね！」と、スマホを手にする。私は、画像検索しながらも自分の推しについて語るふたりに気づかれないように、小さくため息をついた。

正直言って、どちらがカッコいいか可愛いか、なんてそこまで興味がない。それでも話を合わせ、さも興味があるように見せかける。だって、そんな私をふたりとも望んでいるから。ううん、ふたりだけじゃない。

「あ、いたいた。山瀬《やませ》！　ちょっといいか？」

ふたりがスマホの画面を見せようとしたタイミングで、教室の入り口から私の名前を呼ぶ声が聞こえた。視線をそちらに向けると、担任である下浦《しもうら》先生の姿が見えた。

「悪いんだが、今日の放課後少し手伝ってくれないか？」

「えー。下浦先生さあ、萌々果のこといいように使いすぎじゃない？」

「そうだよ、たまには他の人使いなよ」

私が返事するよりも早く、ふたりは下浦先生に文句を言ってくれる。ありがたいな、と思いつつ、私は笑顔を作った。

「ありがと、でも大丈夫だよ。ほら私、一応学級委員だし。それに部活もバイトもしてないから頼みやすいんだと思うよ」

「もー、そうやって萌々果が優しいから、下浦があやってこき使うんだよ」

「そうそう、断ったっていいんだからね？」

断ったらいいと簡単に言うけれど、実際に断ったりなんかしたら先生からどう思われるかわからない。みんな他人事《ひとごと》だから好き勝手言えるんだ。

心の中に浮かんでくるのは、口に出せない本音ばかり。

けれど、そんなことを言ってしまえば、友人との関係にヒビが入るのはわかっている。それに、ふたりが心から心配してくれているのもわかるから。

口角を少し上げると、わざとらしくならないように笑みを浮かべた。

「じゃあ、次は断ろうかな。ふたりと遊びに行くって言って」

私の言葉に、ふたりがパッと笑顔になったことに安心する。

明るくて楽しくて友達思いで、優等生で先生から頼りにされている、それが周りの私に対する印象、そして評価。私が作り上げた、山瀬萌々果という仮面を被った人間だった。


翌日、いつも通り私は学校に向かう。始業のチャイムが鳴る三十分前。登校時間には少し早いけれど、この時間に来て花瓶の水を換え、それから他の人が登校してくるまでの間に予習をする。したくてしているわけではないけれど、この言い訳のおかげで早く家を出ても誰にも怪しまれない。

ほんのわずかでもいいから、あの家にいる時間を少なくしたかった。あの家に私が安らげる場所はない。それに、誰もいない教室でひとりきりでいる間だけは、誰の目も言葉も気にしなくていい、ただの山瀬萌々果でいられる気がした。

今日も私が一番乗り、そう思って教室へと向かおうとした。でも、その前に。

私は、教室を通り過ぎると、廊下の突き当たりにある階段を上がった。

そっとドアを開けると、視界一面に青色が飛び込んできた。吸い込まれそうなほどの青空に、思わず目を奪われる。

「はぁ……」

屋上の柵を掴むと、空を見上げる。ようやく息ができた、そんな気がした。自宅ではうまく呼吸をすることができなくて、息苦しくて仕方がない。ううん、自宅だけじゃない。学校でもそうだ。いつだって本当の自分を偽って生きている。

いっそ、このまま飛び降りてしまえば楽になれたりするのだろうか――。

「死ぬの？」

突然かけられた言葉に、私は慌てて振り返る。視線の先には、見覚えのない男子生徒の姿があった。

「な、なにを言ってるの？　空を見てただけだよ」

慌てて取り繕うように笑いかける。けれど実際は、心の中を言い当てられたことに、心臓が嫌な音を立てて鳴り響いていた。

「ふーん、そうなの？」

信じているのかいないのか、わからないような表情でその人は言う。

「そうだよ。そんなこと思うわけがないよ」

変に思われないように笑顔で言うと、私はその場を立ち去ろうとした。けれど、そばを通り過ぎようとした私を通せんぼをするように片手で塞ぐと、その人は抑揚のない声で言った。

「俺さ、人の死がわかるんだよね」

「……え？」

なんの冗談、そう続けようとしたのに、その人があまりにも真剣な表情をしていたから言えなくなった。それでも、そんな突拍子のないこと信じられるわけがなくて。

「は、はは。そう、なんだ」

引きつりそうになるのを必死にこらえて作った笑顔で、そう答えるのが精一杯だった。関わり合いにならない方がいい。

「じゃ、じゃあ私はもう行くね」

行く先を塞がれた腕を避けるようにして、私は屋上をあとにした。ひとりになって自分の手のひらを見れば、うっすらと汗が滲《にじ》んでいた。


せっかくのひとり時間のはずが、ゆっくりできなかったことを残念に思いながらドアを開けると、しんと静まり返った誰もいない教室に足を踏み入れた。

ほぼ毎日、私が一番に登校しているといっても例外はもちろんある。部活の朝練がある人や、忘れて帰った課題をやるために早く来た人、他にもなにか理由があって、すでに教室に人がいることはあった。

だから閉めたはずのドアが背後で開けられたとしても、普通なら『あ、誰か来たんだ』と思うだけだ。

でも、今日は違った。反射的に振り返った先にいたのは、先ほど屋上で会った男子生徒だった。

このクラスの一員になってから半年、見覚えのない人なんているはずがない。いるとすれば、転校生か、もしくは――。

その人は迷わず窓際の一番前の席、つまり私の席の前へと向かった。その席はこの半年ずっと空席で、ただそこに〝ある〟だけだった。

動揺しながらも、私はそれを悟られないように自分の席へと向かい、座る。ひとつ前の席に座るその男子に声をかけるかどうか迷っていた。

名前、はなんだったっけ。入学直後にクラスメイトの名前はすべて覚えた。間違えて呼んで、ひんしゅくを買うことがないように。でも、半年間一度も名前を呼んだことのないその子の名前まで、さすがに覚えていなかった。

とりあえず、無難におはようとだけでも声をかけようか、でも先ほどの屋上でのことを思うとそれも躊躇《ためら》われる。

私が口を開くかどうか迷っているうちに、その人はこちらを振り返った。

「おはよ」

「え、あ……お、おはよう」

まるで先ほどのことなんてなかったかのように声をかけられる。不思議なもので、挨拶されるとつい返してしまうのは、どうしてだろう。それもこんなにも自然に言われると、まるで屋上でのことが夢だったのではないかと思ってしまうほどだ。

――もしかしたら本当に、夢を見ていたのかもしれない。だって『人の死がわかる』なんてそんな神様みたいなことあるわけがない。

そうだ、夢だったんだ。

そう思うと少しだけ、気持ちが楽になった。

先ほどは顔を見る余裕なんてなかったので、今さらながらにマジマジと見てしまう。

ふわっと揺れる前髪の向こうに、くりっとした二重の目が見える。ニッと笑った顔は、子犬を思い出させて、同い年の男の子のはずなのに可愛いとさえ思ってしまうほどだった。

あまりジッと見つめすぎて変に思われてもいけないと、私は相変わらず名前を思い出すことのできない彼から目を逸《そ》らした。けれど、彼は私に視線を向け続ける。

「あの……」

「ああ、ごめん。俺、蔵本隼都《くらもとはやと》。よろしくね、山瀬さん」

「え？」

どうして私の名前を知っているのだろう。そんな私の疑問に答えるように、彼――蔵本君は口を開く。

「下浦先生が座席表をくれたんだ。みんなの顔はわからなくても、座席と名前が一致すれば声もかけやすいだろうって」

「それで……」

道理で知っているはずだ。というか、こういうとき学級委員に先に根回しをしとかないものなのだろうか。……し忘れたんだろうなぁ。ぽやんとした顔で笑う下浦先生を思い出して、苦笑いを浮かべてしまう。

先生なのに忘れ物の常習犯で、でもどこか憎めない愛されキャラ。ああいう人間に、私もなりたかった。

そんな話をしている間にも、教室にはひとりまたひとりとクラスメイトがやってくる。みんな私の方を見て、それから蔵本君を見つけ、なんとも言えない表情を浮かべたまま自分の席へと向かう。そして、あとから来たクラスメイトとヒソヒソなにかを話している。

「あれって登校拒否の……?」

「なんで急に……」

「あの人って中学のときに暴力事件を起こして停学になったんでしょ?」

「タバコ吸ってるところ見つかってキレたって聞いたよ?」

どこまでが本当なのかわからない話が、教室のあちこちから聞こえてくる。私に聞こえているということは蔵本君の耳にも届いているはずなのに、彼は身じろぎひとつすることなく、自分の席に座ったまま前を見つめていた。

誰かの評価に怯《おび》えて生きる私とは正反対の蔵本君に、胸の奥がざわつくのを感じた。

朝のホームルームのときに下浦先生が蔵本君の紹介をした。〝家庭の都合で〟半年ほど休んでいたと言っていたけれど、その言葉を信じている人は誰ひとりとしていないように思えた。

「山瀬、ちょっと」

下浦先生にそう呼ばれたのは、ホームルームも終わり、一時間目の準備をしようとしたときだった。今朝は、蔵本君のことがあり、結局予習もほとんどできなかったので、一時間目が始まる前に少しだけ確認しておきたかった。なのに。

教卓の前に立った下浦先生は、私を手招きしてこちらに来るようにと呼びかける。

仕方なく立ち上がる私に、楓が「無理って言えなかったら、私が代わりに言うからね！　萌々果、優しいからすぐ引き受けちゃうんだから」と頬を膨らませて言う。

そんな楓にお礼を言うと、私は教卓に向かう。私は優しくなんかない。自分のために〝優しい萌々果〟を演じているだけだ。本当に優しいのは、楓や咲葵のように他人のために心を配れる人を言うのだと、そう思う。

「なんですか？」

「あ、ああ」

尋ねる私に、下浦先生はなぜか声を潜めるようにして、それから切り出した。

「山瀬に頼みがあるんだ。聞いてくれるか？」

「えっと――」

深刻そうな下浦先生の姿に、なんとなく嫌な予感がした。今日ばかりは断った方がいいのでは。毎回、頼みを聞いているのだから、一度ぐらい断っても大丈夫なのではないか。そう思うのに。

「……はい」

「そうか、聞いてくれるか！」

あからさまに顔を輝かせる下浦先生とは対照的に、笑みを浮かべた自分の頬が引きつるのを感じた。

「えっと、やっぱり……」

「実はな、山瀬に蔵本のことを頼みたいんだ」

「蔵本君の、ことを？」

言われた言葉の意味が理解できず、思わず首を傾《かし》げて尋ね返してしまう。

「そう。学校に来られるようになったとはいえ、半年も欠席をしていたらやっぱり不安なこともあるんだ。困ることもあると思うんだ。だから――」

「ちょ、ちょっと待ってください」

一気に話しを進めようとする下浦先生の言葉を、私は慌てて遮った。

「ど、どうして私なんですか？」

「山瀬は学級委員だろ？」

「そうですけど、男子にだって学級委員はいますよね？　佐古《さこ》君に頼むんじゃダメなんですか？」

「……それは、そうだが」

私の言葉に、下浦先生は眉間に皺《しわ》を寄せる。困っているようだけれど、そんなの関係ない。これが百歩譲って、相手が女子だったら仕方ないなと思えるかもしれないけれど、男子なのだ。私がお世話するには難しい場面だって絶対にある。

「山瀬の言うことは正しい。でもな」

「でも？」

「佐古には断られたんだ」

「え？　……は？　待ってください、断ったって」

「『絶対に無理です』って、にべもなく断られた。あんなにハッキリ言われたら先生、もう頼めなくて」

頼めなくて、じゃなくてそこをきちんと頼むのが先生の仕事じゃないのか、と言いたい。言ってしまいたい、のだけれど。

「だからもう山瀬しか頼れないんだ！　山瀬なら、先生の頼み聞いてくれるよな？」

縋《すが》るような視線を向けられる。その目に映っているのは〝信頼している生徒〟なのか〝都合のいい生徒〟なのか——。どちらにしても、私の返事はひとつしかなかった。

「わかり、ました」

「おお！　頼まれてくれるか！　ありがとな！」

頼まれてくれるか、と言うけれど断る選択肢なんて与えてくれなかったように思う。お互いにきっとわかっていた。断らないことも、断れないことも。

「いえ、学校に慣れてもらえるように頑張りますね」

そう言って私は微笑《ほほえ》みを浮かべる。いつもの、優等生の仮面を被って。

下浦先生は私の答えに満足したように頷《うなず》くと、足早に教室を出ていく。一時間目の準備があるからか、それとも私に『やっぱり無理です』と言われるのを恐れたのか。もしかしたらどちらもかもしれない。

気が重いながらも自分の席へと戻る。ひとつ前の席は空白で、教室のどこにも蔵本君の姿はなかった。トイレにでも行ったのだろう。

少しだけホッとしながら席に着くと、楓と咲葵が待ってましたとばかりに話しかけてきた。

「ねえ、なにを言われたの？」

「またなにかお手伝い頼まれたとか？」

「えーっと、うん。まあ、そんな感じ」

「今度はなに？　プリントをステープラで止めるとか？」

「いやいや、下浦があんなに深刻そうな顔をしてたってことはきっともっと大変なことだよ」

意外と鋭い咲葵の言葉に苦笑いしか出てこない。

「えー、いつもあんなに頼んでるのにまだ萌々果に大変なこと押しつける気なの？　ちょっと私文句言いに行っていいかな」

「まあまあ。で、なにを頼まれたの？」

答えるまでは離さないと言わんばかりのふたりの勢いに、私は仕方なく口を開いた。

「蔵本君が学校に慣れるまで、面倒を見てくれって」

「「はあ!?」」

あまりに揃《そろ》いすぎたふたりの声に、周りにいたクラスメイトがなにがあったのかとこちらを振り返る。

「ちょっと、ふたりとも声が大きいって」

慌てて辺りを見回すけれど、まだ蔵本君は戻ってきていないようだった。胸をなでおろす私に、ふたりは「ごめん」と両手を合わせる。

「でも、なんで？　どうして萌々果がそんなこと……」

「学級委員だからって」

「はあ？　男子にも学級委員いるんだから、そっちにさせたらいいじゃん」

「それは私も言ったんだけど……断られたんだって」

苦笑いを浮かべる私とは違い、楓は眉間に皺を寄せ不快感を隠そうとせず、咲葵は深いため息をついた。

「だからって萌々果に頼むなんて」

「下浦、萌々果のことをいいように使いすぎ。ホントむかつく」

「まあでも、しょうがないよ。学級委員だしね。それに世話をするっていっても、もう高校生だもん。最初のオリエンテーリングみたいに、教室の場所だけ教えたら大丈夫じゃないかな」

それ以外のお世話をしろと言われても、私だって困る。

「まあ、たしかに」

「そう言われると、そうかもだけど」

「でしょ？　まあ私の前の席だしさ。移動教室の場所ぐらいならその都度教えてあげてもそこまで負担じゃないし」

週に一度しかない授業もあるから、少なくとも今日から一週間は移動教室のときは声をかけなければいけないけれど、それ以降は放っておいても大丈夫だと思う。一応、なにかあれば声をかけて、とだけ伝えておくけど。

そう私が言うと「しょうがないなぁ」とふたりはようやく表情を少しだけ和らげた。

「本当に萌々果は優しいんだから」

「なにかあったらいつでも言ってね？　私たちにできることなら一緒に手伝うしさ」

「ありがと」

　きっと頼ることはできないと思うけれど、それでもふたりの優しさはとてもとても嬉《うれ》しかった。


　蔵本君が教室に戻ってきたのは、一時間目が始まるギリギリだった。登校初日から授業をサボるのかと心配したので少しだけ安心した。

　別に蔵本君が授業に出ようがサボろうが私には関係ないのだけれど、頼まれた以上、なんとなく気になってしまう。

　今日は移動教室がなかったので、私は一日中、蔵本君の背中を見ながら授業を受けた。意外と言っては失礼なのかもしれないけど、蔵本君はすごく真面目に授業を受けていた。七割の生徒が寝てしまうと言われている古典の授業さえ、背筋を伸ばしてきちんと先生の話を聞いていた。蔵本君と同じ中学だった、という子たちが噂《うわさ》していた姿とは、随分と違って見えた。

　結局そのまま、放課後を迎えた。お昼はどうするのだろうと気にしていたけれど、いつの間にか教室から消え、いつの間にか戻ってきていたので、食堂か中庭などで食べたのかもしれない。

声をかけなくて大丈夫だったかと心配をしていた私に「子どもじゃないんだから大丈夫よ」と楓が呆《あき》れたように言ったので、なるべく気にしないようにした。

今日の放課後は、下浦先生からなにも言いつけられていない。と、いうかさすがに私に押しつけすぎだと思ったのか、佐古君になにかを頼んでいたようだった。

楓と咲葵は残念ながら部活があるとのことなので、図書室にでも寄って本を借りて帰ろう。そう思ってカバンを持ち立ち上がろうとすると、タイミングよく蔵本君が振り返った。

「ねえ、山瀬さん」

「な、なに？」

朝、教室で話して以来、一度も振り返ることのなかった蔵本君がこのタイミングでこちらを向くと思っていなくて、思わず声が裏返りそうになるのを必死でこらえた。

朝と同じく、くりっとした目を私に向けて蔵本君は笑みを浮かべた。

「あのさ、今日って暇？　よければ学校の中、案内してほしいんだけど」

「え……？」

「ダメ、かな？」

ダメだというほどの理由はない。図書室なんて別に今日行かなくても、明日の放課後でもいい。ただ——まっすぐ家に帰りたくないだけなのだから。

「……いいよ」

「やった！　ありがと」

嬉しそうに笑う蔵本君に、私も作り慣れた笑顔を向けた。


学校の中を案内して回る。教室はたくさんあるけれど、私たちが移動教室で使うところは限られていて、ふたつある校舎のうちの片方、それも二階と三階部分だけだったので、意外と時間はかからなかった。

移動教室のたびに、と思っていたけれどこうやって一気に教えた方が、案外時間もかからず効率的だったのかもしれない。

それにしても――。

日が暮れ始め、薄暗くなった廊下の先を行く蔵本君に視線を向ける。移動教室の場所は今初めて教えているはずなのに、まるで知っているかのように歩いていく蔵本君に違和感を覚える。

「どうかした？」

背中をジッと見ていた私の視線に気づいたのか、蔵本君は振り返ると首を傾げた。

「あ、えっと、蔵本君だいたいの場所わかるみたいだから、私が案内する必要なんてなかったのかもって思っちゃって」

「ああ、そういうこと。うん、場所はねなんとなくはわかってたんだ。平面上は」

「平面上？」

今度は私が首を傾げる番だった。聞き返した私に、蔵本君は頷くと口を開く。

「そう。座席表と一緒に、学校の見取り図も下浦先生から渡されてたんだ。だからトイレとかは問題なかったんだけど、でもやっぱり紙の上で見るのと実際に歩くのって全然違ってて。だから山瀬さんに案内を頼んだんだ」

ああ、そういうことかと、ようやく合点《がてん》がいった。たしかに、実際に歩いてみると、想像していたのとは違う、ということはよくある話だ。

三階廊下の突き当たりにある美術室。ここで案内は最後だった。

「そっか、ひと通り見てどう？　覚えられそう？」

「そうだね、これならなんとかなると思う。あ、でももしわからなくなったら山瀬さんに聞いても大丈夫かな？」

申し訳なさそうに言う蔵本君を、無下にすることなどできなかった。

「うん、いつでも聞いてくれて大丈夫だよ」

「――ホントに？」

「え？」

「ううん、なんでもない。じゃあ、そのときはよろしく」

言葉の意味が気になったけれど、ニッコリと笑う蔵本君に私も微笑み返した。

そのまま私たちは、並んで昇降口へと向かう。

「じゃあ私、こっちだから」

「あ、俺もそっちだよ」

「え、あ、そうなんだ」

ようやくひとりになれると思ったのに。蔵本君の言葉に、少し落胆しながらも笑顔を作った。

「じゃあ一緒に帰ろっか」

なのに――。

「ふはっ」

蔵本君は噴き出すようにして笑った。笑われた理由がまったくわからなくて、戸惑ってしまう。なにか変なことを言っただろうか。

「蔵本、君?」

恐る恐る尋ねる私に、蔵本君は歩き出しながら眉をひそめ口角を上げる。私は、慌ててその隣に並ぶ。私よりも十センチ以上高いであろう蔵本君は、見下ろすようにして口を開いた。

「嫌なことは嫌って言わないと、なんでもかんでも押しつけられることにならない?」

「なっ、」

　突然の言葉に、私は動揺し思わず言葉に詰まる。けれど慌てて気を取り直すといつものように笑みを浮かべた。

「そんなこと思ってないよ。でも、嫌だって思ってるって誤解させちゃったならごめんね。本当にそんなことないから」

　うまくごまかせた、だろうか。今までこんなふうに言われたことがなかったので、焦ってしまった。どうして気づかれたのだろうか。ううん、きっと当てずっぽうに決まっている。だって、今日初めて会ったのにこんな――。

「朝の話、覚えてる？」

「え、あの、朝って」

「朝、屋上で話したでしょ。忘れちゃった？」

　小首を傾げ、不思議そうに蔵本君は言う。私は、心臓が嫌な音を立て始めたことに気づいた。

「あれは、夢じゃなかったの……？」

「夢？　どうしてそう思ったの？」

「だ、だって。教室ではそんなこと一言も」

「あんなところで言うわけないよ。他人に聞かれたら面倒なだけだからね」

肩をすくめる蔵本君に、それはたしかにそうだと思う。変な目で見られたり、陰で噂話をされたりすることなんて絶対に避けたい。

けれど、蔵本君の考えは違っていた。

「どうでもいい人間にまで、わざわざ手の内を晒《さら》す必要なんてないから」

「どうでもいいって……」

「どうでもよくない？　同じ教室で授業を受けているってだけの、ただのクラスメイトなんて」

「そんな、こと」

考えたことさえなかった。私にとってのクラスメイトは顔色を窺《うかが》って、変に思われないようにって、いい子に見られるようにって願いながら、一緒にいるだけの存在でしかなかったから。

「それでさ」

黙り込んでしまった私に構うことなく、蔵本君は話を続けた。

「人の死がわかるって言ったの覚えてる？」

「覚えてる、けど」

忘れてしまいたかったけれど、夢だと思っていたかったけれど。至って真面目な顔で言う蔵本君になんて言っていいかわからない。だって、人の死がわかるなんてそんな。

「そんな神様みたいなこと、あるわけ……」

「神様……。そういえばあいつもそう名乗ってたっけ」

「え？」

「いや、なんでもない。そう、神様なんだ。まあ神は神でも死を司《つかさど》る神なんだけどね」

「つまり〝死神〟ってこと？」

思わず真面目に問いかけてしまって、慌てて我に返る。蔵本君のペースに陥っている気がする。後悔する私とは正反対に、蔵本君は顎に拳《こぶし》を当てると「うーん」となにかを考え込むように唸《うな》る。

「〝死神〟っていうと人を死に誘《いざな》ったり死にたいと思わせたりするだろ？　そうじゃなくて、俺は人の死を操作することができるんだ。死ぬ予定のなかった人を死なせたり、反対に死ぬはずだった人を助けたり」

「い、いや、そんなことあるわけ……」

あまりの会話の成り立たなさと、突然出てきた聞き覚えはあるけれど決して日常生活にはそぐわない単語にどうしていいかわからない。まるでゲームか漫画のキャラになりきっているようにさえ見える。私が知らないだけでそういうのが流行《はや》っている、わけではないと思うけれど。

　色々な予想を立てる私をよそに、蔵本君は話を続ける。

「やらなきゃいけないことをするために、人間の世界に紛れ込んでるんだ」

「へ、へえ……。そうなんだ」

　到底信じることのできない、おとぎ話か妄想のような話に、私は頬が引きつるのをこらえるので必死だった。

　早く分かれ道に差しかかってほしい。出身中学が違う蔵本君とは、必ずどこかで分かれるはずだから。

　少しだけ、いつもより足早になるのを、止めることはできなかった。

「ね。今、俺の話なんて信じられないって思ってるでしょ」

「そんな、こと」

「じゃあ信じてもらえるように証明しなきゃ。ね、俺は〝死を司る神様〟だって言ったでしょ。だから君が死ぬ日も知っている」

「え……」

　こんなの作り話だと、本当なわけがないと思っているのに、唾《つば》を飲み込む音が妙に耳の奥に響く。

「私が、死ぬ？」

思わず言葉を繰り返す私に、蔵本君は頷くと笑みを浮かべた。

「信じられない？」

「えっと、その」

まっすぐに私を見つめる蔵本君の言葉に、なんと返事をすればいいのかわからなくなる。神様なんているわけがない。でも、否定をしたり黙ったままでいたりすれば、気を悪くさせてしまうかもしれない。そう思うと当たり障りのないことしか言えなくなる。

「そんなこと、ないよ」

つい周りに合わせて言葉を選んでしまう自分が嫌になる。誰かに嫌われないように、いい子だと思われる態度ばかり取ってしまう。

本当の私の気持ちなんて、もうとっくの昔に捨ててきてしまった。

「嘘《うそ》ばっかり」

「へ？」

蔵本君の言葉に、思わず間の抜けた声を出してしまった。

「う、嘘なんかじゃないよ」

「ホントに？　普通、信じるわけなくない？　神様だって言われても」

「それは、えっと」

答えを間違えた……。もしかしたら蔵本君は軽いノリで『もう冗談ばっかり！』みたいな返事を期待したのかもしれない。今からでも――。

「ふ、ふふ」

「え……あの」

「今、すごく困ってるでしょ」

見透かしたような蔵本君の言葉に、今度こそなんと言っていいかわからなくなる。どうしようかと困っていると、私よりも早く蔵本君は言葉を続ける。

「別に山瀬さんを困らせたいわけじゃないんだけどね。でも急に神様だなんて言われても困っちゃうよね」

「それじゃあ、神様っていうのはもしかして嘘？」

「あ、それは本当。天使でも悪魔でもなく、死を司る〝神様〟。君の魂を回収するためにやってきたんだ」

「そんなの……」

「信じられるわけがないって？」

蔵本君の言葉に私は小さく頷いた。だってこんなこと、信じられる方がどうかしている。

黙ったままの私に、蔵本君は「そうだな」と少し考えるような素振りを見せたあと、口を開いた。

「神様だから、たとえばこのあと山瀬さんが轢《ひ》かれそうになって怪我をするのも知ってるんだ」

「なに言って……」

思わず立ち止まり、〝るの〟と続けようとした私の目の前を──脇道から飛び出してきた車が、猛スピードで走り去った。足を止めていなければ今頃、私はここに立っていなかったかもしれない。

「へえ、避けたんだ」

感心したような声に隣を見ると、蔵本君が笑いながら私を見ていた。

「なっ……」

カッとなって怒鳴りつけそうになるのを必死にこらえる。落ち着いて、いつものように笑みを浮かべて、それで──。

「……怪我、してないけど」

どうにかいつも通りの、優等生で友達思い、誰からも好かれている私を演じようとするけれど無理だった。

「ん？」

「怪我をするのがわかるなんて怖がらせるようなこと言っておいて、擦り傷ひとつついてないじゃん。蔵本君が本当に〝神様〟なんだったら、今こうやって私が立ってたらおかしいんじゃないの？」

一度、溢《あふ》れてしまえば、もう取り繕うことなんてできなかった。まるで自分が自分じゃないみたいに押さえ込んでいた本音が口から溢れ出す。

「だいたい〝神様〟ってなんなの。漫画の見すぎなんじゃない？　私も、蔵本君もただの高校生。ただのちっぽけな人間なの。わかる？　なんの変哲もない、特別でもなんでもない人間なの！」

一気に喋りすぎて、思わず肩で息をしてしまう。はぁはぁ、と呼吸を繰り返すうちに、自分がぶつけてしまった言葉を反芻《はんすう》し、頭から血の気が引いていくのがわかった。

今日が初対面のクラスメイトに、なんで私はこんなことを言ってしまったんだろう。誰かにこのことを話されたらどうしよう。いつも人の顔色を窺っていい子のふりをしていたくせに、本心ではそんなことを思っていたのだとバレてしまったら。それが家族の耳に入ってしまったら。……私の居場所は、なくなってしまうかもしれない。

不安から心臓の音がうるさくなる。まるで全身が脈打っているのでは、と思わされるほどうるさくて、今すぐここから逃げ出してしまいたかった。

「山瀬さんって」

「……っ」

そんな人だったんだ、軽蔑したような視線と言葉が続くと思っていた。でも。

「おもしろいね」

「え……？　おもしろい？」

「下浦先生からは真面目で面倒見のいい優しい人って聞いてたけど、今みたいに赤い顔して一気に言いたいこと言って、でも言いすぎたって顔して真っ青になって。信号機みたいでなんかおもしろい」

「信号機って……」

　おもしろいと言われたのも無機物にたとえられたのも初めてで、いったいどういう反応をするのが正解なのかわからない。馬鹿にされているのであれば怒ることもできるのだけれど、目の前でくつくつと笑う蔵本君からは悪意を感じられないから困ってしまう。

「……笑いすぎ、じゃない？」

「ごめん、ごめん」

　結局、少し拗《す》ねたようにそう言うことしかできなかった。私の言葉に、蔵本君は目尻に滲んだ涙を拭いながら、悪びれもせず答える。

　笑うと、どこか幼く見えるな、なんて思いながらも、屈託なく笑う蔵本君の姿と、先ほどの『君が死ぬ日も知っている』と私に告げた蔵本君の姿がうまく重ならない。

いったい、どちらが本当の姿なのだろう。

「さっきの話」

自分からこんなふうに切り出すなんて馬鹿だと思う。けれど、どうしても確かめたかった。

「私が死ぬ日を知ってるって言ったよね」

「うん、言ったね」

「それはいつ？」

「一〇〇日後。このままなにもしなければ一〇〇日後に山瀬さんは死ぬ」

今が十月の中旬。一〇〇日後ということは一月の中旬だ。その頃に私は、死ぬ。

「一〇〇日後……」

唾を飲み込む音が、耳の奥で妙に大きく聞こえた。

ジッと私を見つめる蔵本君の視線からそっと逃げると、私は目を逸らしたまま黙り込んでしまう。

蔵本君はそれ以上私がなにも言わないとわかると、前を向いて歩き出した。足音を立てることなく、静かに、まるで本当はここにいないかのように。私もそのあとをついて歩く。

「――俺、こっちだから」

古びたカーブミラーの下に立ち止まると、蔵本君は私を見つめた。

「あ、うん。それじゃあ……」

また明日、と続けようとするよりも早く蔵本君は口を開く。

「山瀬さんが死ぬことは決まってるんだ」

「どういう、こと？」

「決められた死を変えることはできない。そうじゃなくても、みんな死は平等に訪れるし、運命が決まれば死ぬ。それだけは変えることができない。……と、いうことになっている」

そう告げると、蔵本君は「またね」と手を振り、分かれ道の向こうに姿を消した。

私は、夕日が沈み薄暗くなったその場所からしばらく動けずにいた。


ようやく動くことができたのは、グラデーションだった空が濃紺に染まり始めた頃のことだった。どっぷりと日が暮れた町に、カラスの鳴き声が響き渡る。

「カラスと……一緒に……かーえりましょー……」

可愛い子が待つ家に、家族が待つ家にカラスは帰る。では、その家に待つのが自分のことを愛していない家族だとしたら？　それでもカラスは帰りたいと思うのだろうか。私は——。

重い足を引きずるようにしながら、ようやく辿り着いた自宅の前で、私は立ち止まる。カーテン越しにリビングの明かりが見える。両親も妹も帰っているようで、三つの影が映っている。あれが私の家族。私の大好きな、家族。私のことを好きではない家族。

厳しさは感じていたけれど、それでも愛されていると思っていた。一年前のあの日までは。

でも今はもう知っている。両親が愛しているのは妹だけ。私は、家族の中に必要とされていないことを。

「ただいま」

玄関のドアを静かに開け、リビングに聞こえない程度の声量で言うと、足音を立てないようにして二階の自室へと向かう。誰にも気づかれなかったことに安堵《あんど》する。帰ったことに気づかれれば、きっとまた叱責されるから。

カバンを机の上に置き、制服のままベッドに寝転んだ。このまま寝てしまうと制服が皺になってしまう。服を、着替えなければ。

そう思うのに、一日の疲れからかどうしても睡魔に抗えなかった。

――気づくと私は、リビングに続くドアを背もたれにして廊下に座り込んでいた。

パジャマ姿の自分の手がやけに小さくて、ああこれは夢だと気づく。辺りを見回そうとして、リビングから怒鳴るような声が聞こえ、身を縮めた。

声の主は、父親だった。

その瞬間、私はこの夢があの日を再現しているのだと気づいて、胃の奥が重くなり喉に酸っぱいものがこみ上げてくるのを感じた。

小学生の頃はどこにでもあるような幸せな家族だったと思う。両親がいて、五歳年下の甘えん坊な妹がいて、休日になるとリビングから笑い声が溢れるような、そんな家庭だった。

それが崩れたのは、私が中学三年生になってしばらく経《た》ってからだった。二年生の頃よりも勉強が難しくなり、百点どころか九十点台を取れないことも増えた。もちろん勉強は頑張っていたけれど、今までのように授業を聞いて宿題をするだけでは覚えきれなかったし理解できないものもあった。それでもどうにか上位に食らいついていた。あの日までは。

「……ぐっ」

咳《せ》き込みそうになるのを、夢の中の私は必死にパジャマの袖で口を押さえどうにかこらえる。私なのに、今の私の意思とは違うところで身体が動く。まるで主人公の視点で映画の中の世界を体験しているような、そんな不思議な感覚だった。

リビングでは父親が、母親を怒鳴りつけていた。一週間前から風邪を引いていた私は、中間テストの結果も散々で、この日受け取った成績表に書かれた順位は、中学に入ってから一番ひどかった。

ドアを開けなくても十分に聞こえてくるその内容は、私の成績について母親を叱責するものばかりだった。泣いて謝る母親の声に胸が苦しくなる。

私のせいで怒られてごめんなさい。

気づかれないように自分の部屋へと戻ると、頭から布団に潜り込んで耳を塞いだ。けれど、聞かないようにしようとするほど、耳が父親の声を拾ってしまう。結局、眠りにつけたのは父親の声が聞こえなくなってからだった。

次に目を開けると、部屋の中は薄暗かった。夢から目を覚ましたのかと思いきや、夢はまだ続いていて、私は中学生の姿のままだった。

開けっぱなしになっていたカーテンの向こうではどうやら雨が降っているらしく、朝にしては部屋が薄暗かったのはそのせいかと気づく。

咳は治まるどころかひどくなっていて、頭もフラフラする。熱があるのかもしれない。そう思いながらも、どうにか私はリビングへと向かった。

「おはよう」

リビングのドアを開けると、父親の姿はなくてホッと息を吐いた。母親は私に背中を向けたままキッチンで朝食の準備を続けていた。

昨日のことを謝らなければ。私のせいでお父さんに怒られてしまってごめんなさい、と伝えなければ。そう思っていた私に、振り返った母親は冷たい視線を向けた。

「おか……」

「なんでまだパジャマなの？」

「え……、あの、その」

具合が悪くて、と伝えたいのに、あまりに冷ややかな口調に言葉が出てこない。

「さっさと着替えて学校に行きなさい。テストで間違えたところは全部わかったの？わからなかった問題があるなら先生に聞くなり自分で調べるなりして、ちゃんと理解しなさい」

「お母さん、でも私、熱が……」

伝えようとした体調の悪さは、最後まで口にすることができなかった。母親はあからさまにため息をつくと、私を睨《にら》みつけた。

「まだ治らないって言うの？」

「……っ」

その声に、思わず私は自分の身体を抱きしめた。こんなふうに感情的に叱りつける母親を見たのは、このときが初めてだった。——これから先、何度も何度もこうやって叱りつけられ、怒鳴られるようになることを、このときの私はまだ知らない。

「大丈夫、だよ……」

「そう。それならさっさと準備をして行きなさい」

「はい……」

私のせいで、お父さんに怒られたからお母さんの機嫌が悪いんだ。私のせいだから、ああやって怒られても仕方がないんだ。私が悪いんだ。

だからきっと、いい子にしていれば、いい成績を取れば、また笑いかけてくれる。優しく話しかけてくれる。だからもっともっといい子にして、もっともっと頑張らなくちゃ。

ボーッとする頭の中で、そんなことばかり考え続けていた。

目を開けると、真っ暗な部屋の中にいた。夢の続きなのか、現実なのかがわからない。手を伸ばしてみるけれど、自分の手さえうっすらとしか見えない。自分自身の輪《りん》郭《かく》が、闇の中に溶けている、そんな気分だ。

あの日から、私は自分の居場所を作るために、必死でいい子になろうと頑張ってきた。いい成績を取って、両親が自慢できるような娘であろうと。

そのせいか、人の顔色を窺い、人が望む態度を取ってしまうようになった。本音を言うことはなく、学校でも家でもずっと誰かの望むいい子を演じ続けてきた。

これからも、ずっと、そうやって生きていくのだと思っていた。けれど——。

「萌々果！　帰ってるの!?」

玄関で靴を見つけたのか、階段の下から母親が大声で私を呼ぶのが聞こえる。早く返事をしなくちゃ、そう思うのに、目覚めたばかりの身体は思考も動きも鈍い。

「聞こえてるんでしょ!?　遊んでなんていないで勉強をしなさい！」

バンッとドアを勢いよく閉める音がした。この調子では夕食はないかもしれない。

「怒らせちゃった」

早く謝りに行かなければ。きちんとすると言って、それで……。

「ちょっとだけ、疲れちゃったな」

ベッドに寝転んだまま、両腕で顔を覆うとぽつりと呟《つぶや》いた。

そうだ、疲れた。誰かの顔色を窺うことも、誰かの望む自分でいることも、嫌いだと思ってもそんな自分をやめられないことにも、全部疲れた。

私が死ぬ日が決まっていると蔵本君は言った。蔵本君の言うことが本当だとしたら、私はあとたったの一〇〇日で死ぬ。

彼の言う通り、一〇〇日後に死ぬのも、それはそれで悪くないのかもしれない。

「もしも私が死んだら」

思わず呟いた言葉は、暗闇の中に吸い込まれるように消えた。

もしも私が死んだら、両親は悲しんでくれるだろうか。それとも、ダメな奴がいなくなったと安堵するのだろうか。ほんの少しでいいから、寂しいってそう思ってくれたら。

そんなことを思いながら、再び目を閉じ、闇の中へと意識を微睡《まどろ》ませた。

幕間

あの日から、何度も何度も繰り返し見る夢があった。

「はあ……はあ……」

自分の心臓の音がやけにうるさく聞こえる。息を吐き出す音さえ耳障りで、すべての音を遮断したくなる。

纏わりつく風さえも煩《わずら》わしく感じながら、蔵本隼都は見えないなにかから逃れるようにして、必死に走り続けていた。

現実から目を逸らしたくて病院から逃げ出してきたけれど、行く当てなんてどこにもなくて、ただがむしゃらに走り続けていた。

『──再発です』

さっきまでいた無機質な診察室で医者から告げられた言葉が脳裏をよぎる。つらい治療を乗り越えてから、まだたった数ヶ月だというのに、どうして。

「……くそっ」

立ち止まり、電柱を握りしめた拳で殴りつけた。こんなことしたところで、なんの意味もないことはわかっている。それでもこの行き場のない憤りをぶつける場所が隼都にはなかった。

『今のままだと……もって三ヶ月です』

震える声で母親が投げかけた質問に、医者は目を伏せるようにして答えた。このままなにもしなければ三ヶ月で死ぬ。

やっと前を向けると思ったのに。大切にしたいと、一緒にいたいと思える人に出会えたのに。なのに、春を向かえるどころか、梅の花が開くよりも早くこの世からいなくなるなんて。

「は、はは」

乾いた笑い声が聞こえて、それが自分の口から発せられたものだと気づいて、また笑ってしまう。こんなときだというのに、いやこんなときだからこそ、涙じゃなくて笑い声しか出てこない。こんな現実を信じたくない。受け止めきれない。

半年以上前、少し向こうに見える踏切の前で萌々果に出会ったときはあんなにも死にたいと思っていたのに、今では死ぬのが怖くて怖くて仕方がない。死にたくない。萌々果ともっと一緒にいたい。

ポケットに入れていたスマホが震えて、億劫《おっくう》に思いながら画面をオンにする。そこには突然病院を飛び出した隼都を心配する母親と、それから山瀬萌々果からのメッセージが表示されていた。

『急用ならしょうがないね。また今度出かけよ』

検査が長引いたときに送っていた嘘のメッセージを信じて、デートをドタキャンした隼都に対して文句ひとつ言うことのない萌々果に胸が苦しくなった。

無性に萌々果に会いたくなった。会って顔が見られれば、それが無理なら声を聞くだけでもいい。

「……っ」

踏切に背を向けると、萌々果の自宅へと向かって走った。周りなんか見えていなかった。ただ萌々果に会いたい、それだけだった。

「え……？」

誰かに身体を押され、隼都の身体はその場から突き飛ばされる。と、同時に聞こえたのは、耳を劈《つんざ》くようなブレーキ音、なにかが破壊されたような音、そして――。

「萌々果!?」

隼都の視線の先には、地面に倒れる萌々果の姿があった。

第二章

蔵本君にとんでもない話を聞かされた翌日、学校に向かう私の足取りは重かった。

私が一〇〇日後――ううん、九十九日後に死ぬことよりも、昨日の私の態度を蔵本君が誰かに言うかもしれないことの方が怖かった。今頃誰かに話しているかも、そう思うだけで胃の奥がキリキリと痛んだし、胸の奥が苦しくなった。

どうして昨日のうちに口止めをしておかなかったのか。今さら悔やんでも仕方がないのに、どうして、どうしてと何度も考える。

せめて蔵本君が誰かに話す前に口止めをしなければ。学校に向かう間中、そんなことばかり考えて、足取りは重くなったり急いたりと相反する行動を繰り返していた。

私が教室に着くと、誰もいない教室の窓際の一番前の席に蔵本君はいた。

「おはよう」

「……おはよう」

「昨日は――」

なにかを言いかけた蔵本君に、私は慌てて駆け寄るとその口を手のひらで押さえた。

「んぐっ」

「昨日のことは内緒にしてほしいの！　誰にも言わないで！　お願い！」

「う……ぐ……」

「って、あっ。ご、ごめん！」

口を押さえるつもりが、勢い余って鼻も一緒に押さえてしまっていたらしい。私の腕をパタパタと叩く蔵本君に、私は慌てて手を離した。

「死、死ぬかと思った」

「ごめんなさい」

「……山瀬さんが死ぬ前に俺が死んじゃうよ」

ケラケラとまるで冗談めかして蔵本君は笑う。

「本当にごめんなさい。私、焦っちゃって」

頭を下げる私の頭上で、蔵本君が「ふふっ」と笑ったのが聞こえた。

「わかったから、顔を上げて」

「それじゃあ……！」

「うん、大丈夫。山瀬さんが信号機みたいになってたことは誰にも言わないから」

思い出したように笑う蔵本君の姿に、私は反射的に言い返しそうになって、ここが学校だということを思い出した。ここではなにも言えない。ここでの私は、感情的になにかを言い返したりしないのだから。

「ありがとう。そうしたら――」

私は自分の席に座って、いつものように予習をしようとした。けれど、蔵本君はそんな私を見つめたまま動こうとしない。

「あの……」

「せっかくだし、俺もなにかお願い聞いてもらおうかな」

「お願い？」

「そう。お願いというか、口止め料というか」

にやりと笑う蔵本君に、いったいなにをお願いされるのか恐怖でしかなかった。無茶なことを言われたらどうしたらいいんだろう。

「そんな難しい顔しないで」

悩む私に、蔵本君は小さく微笑んだ。

「そんな難しいことじゃないよ」

「ホントに？」

「うん。……萌々果、って呼んでいいかな」

「え……」

蔵本君のお願いは本当に些細《ささい》で、でもだからこそそんなことを言われるなんて想像もしていなかった私は、戸惑いを隠せなかった。

「えっと……」

「ダメ……？」

ダメかと言われるとそんなことはない。でも、どうして？という気持ちが拭えない。

それに、突然呼び捨てにされていたら周りから変に思われる。それは絶対に避けたいことだった。

うん、やっぱり断ろう。蔵本君には他のお願いにしてもらって——。

「まあ、ダメって言われても呼ぶんだけどね」

「は？」

「ついでに萌々果も俺のこと隼都って呼んでよ」

さっそく、というか勝手に、と言うべきか。私の名前を呼び捨てにすると、飄々《ひょうひょう》とした顔で蔵本君は言う。

「ね、決まり」

「決まりじゃないし。ってか、勝手に呼び捨てしないでよ」

「えー？　じゃあ、昨日のアレ。言ってもいいの？」

「それ、は」

言われたところで、誰も蔵本君の言うことなんて信じない。そう、胸を張って思えたらいいのに。思えないのはもしかしたら、私自身が本当の顔をみんなに見せていないからなのかもしれない。きっと誰も私のことなんて信じてくれない。こんな私のことなんて。

黙ったままの私に、蔵本君は「取引成立だね」と笑った。

「ほら、俺のこと呼んでよ。ね、萌々果」

「………………」

「早くしないと、誰か来ちゃうよ」

「……隼都、君」

少ししょんぼりしたような表情を浮かべ、それから気を取り直したように蔵本君は笑った。

「ホントは呼び捨てがよかったけど、君付けもいいね。うん、じゃあそれで」

その笑顔があまりに嬉しそうで、私はなにも言えなくなってしまう。

「でも、他の人がいる前ではあまり名前で呼ばないでね」

「つまりふたりきりになったらいくらでも呼んでいいってことだね」

「そうは言ってない……っ」

蔵本君の軽口に言い返す私の耳に、誰かの話し声が聞こえた。クラスメイトかもしれないと慌てて口を噤《つぐ》み、カバンの中から教科書を取り出す。そんな私を蔵本君――隼都君はおかしそうに見つめていた。そうやって笑う姿は、隼都君の言うような〝死を司る神様〟にはとても思えなかった。

他のクラスメイトたちが登校してきてから、隼都君に名前で呼ばれるのではないかと心配で仕方がなかった。けれど不必要に私に話しかけてくることはなく、用があったとしても「あのさ」と呼びかけるだけだった。

　けれど――。

「萌々果」

「え、あ……隼都君」

「一緒に帰ろうよ」

　帰りのホームルームが終わり、ざわつく教室で隼都君は私の方を振り返り言った。思わず隣の席の楓へと視線を向けるけれど、別のクラスメイトと喋っていてこちらの様子には気づいていない。

　もしかして、そこまで考えて声をかけてくれたのだろうか。ふとした疑問が浮かび上がる。けれど、目の前でニコニコと笑みを浮かべる隼都君の表情からはどちらかなんて読み取ることはできなかった。

「えっと」

「先に出て待ってるね」

「あっ」

　私の返事を待つことなく、隼都君はスポーツブランドの黒いリュックを右肩に背負うと教室を出ていく。

　別に一緒に帰ると返事をしたわけじゃない。待っててほしいなんて言った覚えもない。でも。

「……楓。私、帰るね」

「あ、そうなの？　今日、私部活ないから遊びに誘おうと思ってたのに」

「ごめん、また今度遊ぼ」

「はーい。んじゃ、また明日ー」

　どうして楓の誘いを断ってまで、隼都君のもとへと急ごうとしているのか。自分でも馬鹿じゃないかと思う。けれど、待ってると言われた以上、行かないわけにはいかない。

　カバンを手に持つと、私は足早に教室を出た。隼都君の姿を探すと、教室から少し行ったところにある柱にもたれるようにして立っていた。

「お待たせ」

「ホントに来てくれたんだ」

「待ってるって言ったの、そっちでしょ」

「まあ、そうなんだけどさ」

　へへっと頰をかいて隼都君は笑う。その笑顔が妙に気恥ずかしくて、思わず顔を背けてしまう。

「萌々果？」

「なんでもない。それよりも」

私は教室の中の様子が気になって仕方がなかった。楓の誘いを断ったのに、隼都君と帰ろうとしているなんてことが知られたらどう思われるか。不安な思いから、私は慌てて口を開いた。

「早く行こっ」

「ちょっと待ってよ」

その場を逃げるように歩き出した私を、隼都君が追いかけてくる。慌てたように私の名前を呼ぶ声が、どこかくすぐったかった。


名前で呼び合うことになったせいか、妙に隼都君との距離か縮まってしまった気がする。教室では頻繁に話をすることはないけれど、昨日は流されてとはいえ、二日連続で隼都君と帰っている。

そして今日も、あの分かれ道までやってきた。

昨日の今日ということもあって、クラス内では相変わらず隼都君の中学時代に関する噂が流れてはいたけれど、〝噂の中の蔵本君〟と目の前の隼都君は、まるで別人に感じられる。

だから余計に、昨日の話は冗談だったのではないか。心のどこかでそう思う気持ちがあった。

冗談だとすれば、もう一度確認をすれば、『本気にしたの？』とか『まさか死にたいの？』とか思われかねない。けれど、もし一〇〇日後に死ぬというのが本当だとしたら？

――私が死ねば、さすがに両親も悲しんでくれるかもしれない。

どちらにせよ一〇〇日経てばわかる。それにいくら危ないところを予知したからって、本当に神様だとは思えない。……思うだけで、それを隼都君に言う勇気はないけれど。

「それじゃあ、私はこっち――」

「萌々果」

なんとなく胸の奥に重い感情を抱えながら立ち去ろうとした私を、隼都君は呼び止めた。その声色は真剣で、振り返った私を隼都君はまっすぐに見つめていた。

「昨日の話の続きがしたい」

「続きって……」

今まさに考えていたことを口に出されて、私は戸惑いを隠せなかった。

近くの自動販売機にもたれかかるようにして立つ隼都君のそばに行く。もたれるのは躊躇われたので、隣に並ぶだけにした。

「このままだと一〇〇日後に萌々果は死ぬ。昨日そう伝えたよね」

「聞いた、けど」

「もしもその運命から逃れられるって言ったら、萌々果は信じる？」

「そ、れは」

隼都君が神様だということ以上に信じるのが難しい話だった。いや、隼都君が本当に死を司る神様なのだとしたら、きっとその話も本当なのかもしれない。でも。

「……どうしてそんなことを聞くの？」

だから私は、反対に隼都君へと問いかけた。

「だって、隼都君は言ったでしょ。自分のことを『死を司る神様』だって。私の死を知っていて、魂を回収しに来たんだって。なら、どうしてそんな」

私には隼都君がなにを言いたいのか理解ができなかった。

「ねえ、萌々果。俺とゲームをしない？」

けれど隼都君は、私の問いかけなんて聞こえていないかのように、そんなことを言った。

「ゲーム？　いったいなにを……」

「萌々果に今から課題を与える」

「課題？」

首を傾げる私に隼都君は静かに頷く。ジジッという音がして、通りの街灯に明かりが灯る。いつの間にか日は暮れ始め、辺りは薄暗くなっていた。

「そう。萌々果にはこれから俺が出す三つの課題に挑戦してもらう。クリアできなければ、一〇〇日後、萌々果は死ぬ」

「クリアできれば助かるってこと？」

「そういうこと」

冗談めかした言い方だったなら、『ふざけないで！』と言えるのに、隼都君の表情は真剣そのものだった。

いつもならこんなとき相手の望んでいる答えを言っていたのに、今はどうして言えないのだろう。

黙ったままの私にしびれを切らしたのか、隼都君の方が先に口を開いた。

「どうする？」

「どうするって、言われても」

一〇〇日後、死んでしまうのもいいかもしれない。そんなふうに思ってしまったあとだったから、余計に返事に困る。

けれど、答えを言い淀《よど》む私に追い打ちをかけるように隼都君は続ける。

「ちなみにチャレンジしない場合は『萌々果が死にたがっている』って先生や友達に言う」

「なっ……！」

　そんなことをされれば、きっと両親の耳にも入ってしまう。言っていないと否定したとしても、信じてくれるような両親ではない。私が死にたがっているなんて聞けば父親は母親を、そして母親は私を叱責するだろう。それはなんとしても避けたかった。

「……受けるしか、ないじゃん」

「選ぶ権利は萌々果にあるよ」

「なんでそんなに私に課題を受けさせたいの？」

「……なんでだろうね」

　私の質問に肩をすくめると、隼都君はもたれかかっていた自販機から身体を離した。

「それじゃあ課題を受けるってことでいいかな」

「いいも悪いも、受けるしかないじゃない」

　顔を背け、精一杯の皮肉を込めて言ったあと──私は自分がこんな言い方をするのかと驚いた。今までは人の顔色ばかり窺ってきたのに、隼都君の前ではどうして──。

　そしてはっとして慌てて顔を上げた。

「ごめんなさい！」

「え？」

「今、私すごく嫌な言い方しちゃって。だから、その気を悪くさせちゃったんじゃないかって……」

必死に謝る私に、隼都君は笑った。

「なんで萌々果が謝るの」

「だ、だって」

「自分の気持ちを言って謝ることなんてないんだよ」

「そんなこと、今まで思ったこともなかった」

自分にはない考え方に、驚きを隠せなかった。ううん、私も誰かが同じことを言えば今の隼都君のように答えたと思う。でも、それが自分にも適用されると考えたことはなかった。

「今の萌々果にとって、課題はどれも難しいかもしれない。でも俺は、チャレンジして、そしてクリアしてほしいって思ってる」

「どうして、そんなに……」

私には隼都君の目的も意図もわからない。けれど、私のことを思ってそう提案してくれているように感じられて仕方がなかった。

「まあ神様なもんで」

おどけるように隼都君は言うけれど、その言葉がなぜかすんなりと私の心の中に入ってきた。

神様だからこんなにも私によくしてくれる。神様だから私の気持ちをくみ取ってくれる。神様だから、私を思いやってくれる。他の人とは違うのは、神様だから――。

「……受ける」

「ん？」

「課題、受ける」

ダメだったとしても死ぬだけだ。それなら私にはなんのデメリットもない、はずだ。

「そっ……か」

私の言葉に、隼都君は嬉しそうにふわっと笑みを浮かべた。その笑顔に、思わず視線を奪われる。

「萌々果？」

「あ、えっと。それで、課題って……？」

「うん。さっきも言った通り、三つの課題を萌々果にはこなしてもらう。期間は一〇〇日――ああ、もう九十九日だね。その間にクリアできなければ、君は死ぬ。ここまではいいかな」

隼都君の問いかけに、私は小さく頷いた。私が理解しているのを確認して、隼都君は話を続ける。

「まずひとつ目は萌々果が欲しいものを買うこと」

「え……？　それが課題？」

「うん。ふたつ目は友達に本音で話すこと。三つ目はご両親に自分のことをどう思っているかを尋ねること。ね、簡単でしょ」

　隼都君の掲げた課題に私は、安易に課題にチャレンジすると言ったことを後悔した。『簡単でしょ』という隼都君の言葉通り、多くの人にとっては簡単で些細なことだろう。ただし他人にとっては簡単でも、私にとってはそうではない。

　無理だ。

　喉元まで出かかった言葉を必死に呑《の》み込む。まっすぐに私の目を見つめる隼都君の姿を見ていると、できないなんて言えなかった。

「……わかった」

「それじゃあ、さっそくだけどひとつ目の課題、今週はどうかな？　どこか都合の悪い日はある？」

「え、あ、ううん。大丈夫だと思う」

「そうしたら木曜日はどうかな。先生たちの研修授業で五時間だったよね」

　スマホを確認しながら隼都君は言う。そういえばそんなことを先生が話していた気がする。隼都君に言われたことで頭がいっぱいですっかり頭から抜けていた。

「どう？」

「あ、えっと、大丈夫だよ」

「よかった。そしたら木曜日に」

そう言うと、隼都君は分かれ道をひとりで歩いていく。その背中を見送って、私も自分の家へと帰る。

隼都君は不思議な人だ。でもそれ以上に不思議なのは、隼都君の言葉に、こんなにも気持ちをかき乱されることだ。どうして、こんな……。

その答えがわかることはないまま、夕闇を照らし始めた満月に追い立てられるように自宅への帰り道を歩いた。


木曜日はあっという間にやってきた。

朝から胃の奥がやけに重くて、心臓の音が妙にうるさくて。普段とは違う身体に、否が応でも緊張していることを自覚させられる。

楓と咲葵にも「今日どうしたの？」「具合でも悪い？」と心配されてしまった。そのたびに「なんでもないよ」と返していたけれど、今日に限ってはうまくごまかせたか自信はなかった。

帰りのホームルームのあと、いつもより早い学校の終わりに周りが浮き足立つ中、私は手早く帰りの準備をして教室を出た。具合が悪いと思われているからか、いつもならどこかに行こうと誘ってくる楓や咲葵も「早く帰ってゆっくり休んで」と手を振ってくれる。

そんな様子に、少しだけ胸の奥が痛んだ。ああやってふたりは本当に心配してくれているのに、私はふたりに対して本音を見せられては、いない。

「――どうしたの？」

教室を出て廊下をまっすぐ行ったところにある階段の下、そこで立ちすくんでいた私の顔を覗《のぞ》き込むようにして隼都君は尋ねた。

「わ、ビックリした」

「ああ、ごめん。気づいてないみたいだったから。それでどうかしたの？」

「……ううん、なんでもない」

小さく首を振ると、私は癖《くせ》になった笑顔を作る。いつも誰かの顔色を窺い、聞き心地のいい言葉を並べる中で染みついた癖。決していいものだとは思わないけれど、それでも私を守るための術《すべ》だった。

「行こっか」

「そうだね」

隼都君はそれ以上追及してくることはなく、私の言葉に頷くとゆっくりと歩き出す。私も隣に並ぶようにして歩く。

ふと気づく。隼都君が歩調を私に合わせてくれていることに。最初はたまたまかと思ったけれど、私が焦ることないように気づくとテンポを合わせてくれていた。

私が誰かに合わせることはあっても、誰かが私に合わせてくれたことなんて今までなくて、不思議な感覚だった。

高校から歩いて十五分ほどのところに、比較的大きめのショッピングモールがあった。もう少し大きいモールもあるけれど、そこに行くには車でなければ難しく、この辺りの人はだいたいここを利用していた。

一階にはレストランやスーパーが入っていて、二階三階は洋服やコスメ、それから本屋に文房具屋などがあった。

「えっと、好きなものを買えばいいんだよね」

「そうだよ」

念押しするように確認すると、隼都君は頷いた。他の課題に比べると、これは簡単だ。早くいるものを買って終わりにしよう。そう思う私に、隼都君は言った。

「必要なものじゃなくて、萌々果が欲しいものを選んでね」

「必要なものじゃなくて？」

違いがよくわからなくて、隼都君の言葉を繰り返す。

「そう。たとえば、シャープペンの芯が切れているから芯を買う。これは欲しいものじゃなくて必要だから買わなきゃいけないものだよね。そういうのはダメ」

「え……」

まさにそうするつもりでいた私は、まるで先回りをするような隼都君の言葉に困り果てる。さらに隼都君は追い打ちをかけるように続けた。

「萌々果が純粋に欲しいと思うものを選ぶんだ。選べたら俺に持ってきて」

「持ってきてって、どうして?」

「俺が買うからだよ」

当たり前のように隼都君は言うけれど、私には到底受け入れることができず、全力で首を振った。

「な、なんで! 隼都君に買ってもらう理由なんてないよ!」

「そういう課題なんだから、理由なんて必要ないんだよ」

「でも……!」

「強いて言うなら、俺に買ってもらう課題だから、かな。ほら、早くしないと時間がなくなるよ」

そう言うと隼都君は私の背中を押すようにしてエスカレーターに乗せた。課題と言えば私がなにも言えなくなると思っているのかもしれない。

とりあえず当たり障りのない控えめな金額のものを買ってもらって終わりにしよう。そう、思っていたのだけれど――。

「ダメ」

私が持ってきた小さなぬいぐるみを見て隼都君は首を振った。

「どうして」

「それ本当に欲しいの？」

「欲しい、よ？」

「本当に？　絶妙に欲しいように見えて、それでいて金額的にも負担がかかりにくいものを選んでない？」

すべてを見透かしたかのような言葉に、私はなにも言えなくなる。

「ちなみにさっき見てた最近流行りのカバンにつけるやつも、別に欲しくないけどこのあたりを選んでおけばそれっぽく見えるだろう、って思ってたでしょ」

「う……なんで、わかるの」

あまりにも隼都君の言う通りで、少しだけ悔しくなって問いかけた。そこまで見透かされるなんて思ってもみなかったから。

不服そうに言う私に、隼都君はふわっと笑った。

「わかるよ。買ってくれる人に遠慮して本当に欲しいものが言えなくて、相手の顔色を窺って、相手がどう思っているかばかり考えてしまう。萌々果はそんな優しい子だから」

「別に優しくなんて」

「自分よりも相手のことを優先する子が優しくないわけないでしょ。でも、そうじゃないんだ。今、俺は萌々果に自分が本当に欲しいものを見つけてほしい。誰かのためにしか動けないなら、俺のためにちゃんと自分が欲しいものを選んで」

まっすぐに紡いでくれる隼都君の言葉は、ただひたすらに私のことを思ってくれていた。こんなふうに誰かに思われたことがあっただろうか。

「萌々果？」

「……うん、わかった」

私は隼都君に頷くと、もう一度売り場へと戻る。さっきまで見ていたメインのディスプレイではなく、少し奥まったところにある雑貨売り場だった。

文房具を見ていたときに、本当は視界に入っていた。けれど、以前母親から言われたことがずっと、まるで喉に刺さった小骨のように引っかかっていて、手を伸ばすことはできなかった。

でも、隼都君なら。

隼都君はどこにいるのだろう、と辺りを見回す。すると、陳列されている砂時計を手に取りながら、でも私が気にならない程度に視線をこちらに向ける隼都君の姿が見えた。優しい気遣いがくすぐったい。

私は手の中の物をギュッと握りしめると、隼都君のもとへと戻った。

「これ、なんだけど」

「……カントリードール、だね。それはキーホルダー？」

隼都君の言葉に、私は少し驚きつつも小さく頷いた。

「よく知ってるね」

「うちの母親がこういうの好きで、昔よくキットを買ってきて作ってたんだ」

「いいなぁ。……あ」

思わずこぼれた本音を慌てて隠そうと思って――、やめた。

「萌々果も好き？」

「好き、だけど。うちは母親が『こんな子どもっぽいもの持つなんて！』って言って買ってもらえなかったの。妹は部屋にいっぱい飾ってるんだけどね」

桜良《さくら》はいいのにどうして私はダメなの。そう尋ねたところで、色々な理由をつけて反対するのはわかっていた。明確な理由なんてきっとない。あるとすれば、〝私が欲しがったから〟だ。

「……やっぱりやめようかな」

「萌々果?」

「高校生にもなってお人形が欲しいなんておかしいよね。ごめん、他のにしてもいい?　私、もう一度見て――」

「萌々果!」

取り繕うようにして言う私の言葉を遮ると、隼都君は真剣な面持ちで私を見つめた。

「な、に……」

「おかしくなんてない。萌々果が欲しいって思った気持ちに、おかしいなんてことはないんだよ」

「でも……」

「それに萌々果までおかしいなんて言ったら、これを欲しいって思った子どもの頃の萌々果も、さっき嬉しそうにこれを持ってきた萌々果も、全部自分で否定してしまうことになるよ」

「あ……」

どこか寂しそうな表情を浮かべて、隼都君は言う。その言葉は私の中に、じんわりと広がっていった。

「萌々果まで、萌々果のことを否定しないであげて」

隼都君の言葉があまりにも優しくて温かくて、こみ上げてくる涙を必死にこらえた。

「ひとつ目の課題はクリアだね」

最後まで『自分で買うよ』と抵抗したけれど、買ってもらうところまでが課題だと押し切られてしまった。こんなことが課題で本当にいいのだろうかと思うけれど、買ってもらった私よりも買ってくれた隼都君の方が満足そうな顔をしているのでこれで正解なのだろう。

「これ、本当にありがとう」

買ってもらったカントリードールのキーホルダーは、袋には入れてもらわず、カバンの内ポケットに入れた。本当は鍵やカバンにつけたりしたかった。けれど、そんな目立つところにつけていたら絶対に母親からなにか言われる。言われるだけならいい。最悪、取り上げられて捨てられてしまうかもしれない。私が自分で欲しいと思って、隼都君が買ってくれたキーホルダーだ。絶対にそんなふうにされたくない。

「今日みたいにさ、誰かがじゃなくて自分が本当に欲しいものを選べるようになれたらいいよね」

隼都君の言葉に、私は曖昧《あいまい》に頷いた。

そんなふうにできたらいいことは私だってわかっている。でもわかっているのと、行動できるのは別の話だ。

きっと私にはできない。でも――。

「そうなれると、いいな」

口からついて出たのは、未来の私に期待するような言葉だった。もしかしたらそんな自分になりたいと思っているのかもしれない。ううん、なれるわけないから、憧れているのかもしれない。自分の気持ちをきちんと言える、そんな私に。

ショッピングモールを出て、帰路をふたりで歩く。夕方で人通りが多い時間帯だけれど、大通りから一本内側の通りは静かで、人もまばらだった。なにか話した方がいいと思いつつも、言葉が出てこない。隣を歩く隼都君も、考え事をしているのか無言だった。

と、そのとき。

「こっち」

「え？」

私の肩を掴んだかと思うと、私と隼都君の歩く位置を変えた。

どうしたの――、そう尋ねようとするよりも早く、目の前からやってきた車がスピードを落とすことなく隼都君の肩すれすれの場所を通っていく。

「ったく、こんな狭い道でスピード出すなんて」

文句を言いながら、通り過ぎていった車へと視線を向ける隼都君に、私は目を奪われていた。

今のは、私を守ってくれた……？

理解が追いついた瞬間、掴まれた肩が熱くなるのを感じる。

そのまま私たちは、並んで歩く。車道側を隼都君が、その隣を私が。

さっきまでと同じ無言のはずなのに、やけにソワソワするのは、どうしてだろう。

生きたいのか死にたいのか、わからないまま過ごすうちに十月が過ぎ去り、十一月が訪れていた。街路樹は赤や黄に染まり、すっかり秋めいている。涼しかった秋風も随分と涼しくなり、セーラー服の上から着ていたカーディガンのボタンを締める。

初めての死亡予告をされてから半月以上が経った。あの日から、死にたいとも生きたいとも思うことができないまま、隼都君から告げられた死亡予定日までの日々をなんとなく消費し続けていた。

『次の課題はいつするの？』

あの日、カントリードールのキーホルダーを買ってもらった帰り道、私はなんとなく隼都君に尋ねた。別に気になっているわけでも積極的にこなしたいわけでもなかったけれど、ただ無言の時間を少しでも紛らわせるために。

そんな私に隼都君は『もう少ししたら言うね』とだけ言って、それ以上話すことはなかった。

月が変わり、窓際だった私の席は、廊下側から二列目の後ろから二番目へと移動になった。席替えをして前の席は隼都君ではなくなった。けれど、私の後ろの席には隼都君がいた。たまたま、ではなく、隼都君が再び学校に来なくなることを心配した下浦先生の配慮だった。下浦先生曰く『蔵本は妙に山瀬に懐いているから』というのが理由らしい。

懐かれているかどうかは別として、たしかに隼都君と過ごす時間が増えていた。学校でも、そして放課後も。そのせいか、心持ち距離が縮まったような、そんな気はしていた。

隼都君は十月に学校へ来るようになって以来、一度も休むことはなかった。そんな姿に、最初こそ噂話をしていたクラスメイトたちも隼都君の存在に慣れたのか、陰でヒソヒソと言う人間は少なくなっていた。

それでも、教室内で隼都君が遠巻きにされていることに変わりはない。けれど。

「なに？」

「どうして普通にしていられるの？　あんなふうに周りからなにか言われてることについて気にならないの？　今だって……」

こうやって私が隼都君に話しかけていると、教室のあちらこちらから視線を感じる。おそらくみんな、私が先生から隼都君の〝お世話係〟にされているから話しかけているんだと思っている。そのせいか、私にはどこか憐《あわ》れみに似た視線が向けられていた。そして隼都君に対しては、蔑《さげす》んだような視線が。私が気づくぐらいだ。隼都君が気づいていないわけがない。

私の問いかけに、隼都君は少し困ったような表情を浮かべる。手持ち無沙汰なのか、右手に持ったシャープペンを器用に親指と人差し指で回してみせた。

「わ、上手だね」

「ありがと。……さっきの話だけどさ、気になるとか気にならないとかじゃなくて、興味がないんだ。俺にとっては他人にどう思われようと、どうでもいいことだから」

「まったく？　全然？」

「うん、これっぽっちも」

ハッキリと言い切る隼都君。そんなふうに言えてしまうのはきっと、隼都君がこれまでなんの苦労もなく幸せに生きてきたからだと思う。天真爛漫《てんしんらんまん》に、ただ自分が信じたことだけを見て進む。そうできたらどんなにいいか。

でも、それができない人もいる。

周りからの評価を気にして生きる私にはない自由さを、隼都君は持っている。そんなところに憧れる気持ちと、そうできない私のことを、ダメだと言われたような気持ちが入り交じり、隼都君の言葉に苛立《いらだ》ちさえも覚えた。

「すごいね、私とは大違い」

だからだろうか。口をついて出た言葉に、棘《とげ》が含まれてしまったのは。

自分が言った言葉に、自分で驚くなんて滑稽《こっけい》だと思う。けれど、それほど自然に、本音が零れてしまっていた。

「って、ごめん。私、なに言ってんだろ」

「萌々果は、周りの目が気になるの？　どうして？」

「……みんな、多かれ少なかれそうだよ」

隼都君とは違う、そう続けそうになった言葉はなんとか呑み込んだ。

なんとなく気まずくて、そのあとは話すことのないまま朝のホームルームが終わり、一時間目の体育の時間になった。男子はサッカー、女子はソフトボールと分かれていたおかげで、隼都君と顔を合わさずに済んだ。

味方チームが攻撃しているのを、体育館前の段差に座ってボーッと見つめる。楓がバットを振り、ヒットを飛ばす。転がっていくボールを視線で追いかけていると、男子がサッカーをしているのが見えた。

けれど、隼都君だけは運動場に座るみんなの輪に入らず、離れたところにひとりきりで木にもたれるように立っている。

「……っ」

その瞬間、隼都君と目が合った、気がした。慌てて顔を背けると、ちょうど楓が三塁に辿り着いたところだった。周りが拍手をするのに合わせるように、私も両手を叩いていると、少しだけ気持ちが落ち着いてくる。

目が合うなんてありえない。きっと勘違いだ。だって、隼都君のいる場所とは随分と距離が離れているんだから。でも——。

確かめようと、もう一度先ほどと同じように視線を向けた。

けれど、そこにはもう隼都君の姿はなかった。

目が合ったと思ったけれど、もしかすると目が合ったどころか、隼都君があの場所にいたということすら私の見間違いだったのかもしれない。

「萌々果ー！　次、萌々果の順番だよ！」

「はーい！」

私を呼ぶ咲葵の声に返事をして立ち上がると、バッターボックスへと向かうため歩き出した。そのとき——。

「危ないっ！」

「え？」

振り返ろうとした瞬間、私の身体は押されるようにして、その場に倒れ込んだ。

「キャーッ！」という耳を劈くような悲鳴が聞こえてくる。

背中をコンクリートに打ちつける鈍い痛み、そして私にのしかかる誰かの重みを感じた。いったいなにが起こったのか。

「いった……い……」

ようやく目を開けることのできた私のすぐそばに、隼都君の顔が見えた。

「え……」

「大丈夫!?」

取り乱した様子の隼都君の頬から、汗が伝い落ちるのが見えた。

「どう、して」

「……萌々果に向かってボールが飛んでくるのが見えたから」

「ボール？」

私を引き起こしながら言う隼都君の言葉に、体勢を直してから辺りを見回す。視界の端に、転がっているサッカーボールを誰かが手にするのが見えた。

「おい、危ないだろ。気をつけろよ！」

「え……あ、悪い悪い」

突然、怒鳴るように言った隼都君に、ボールを取りに来た石井《いしい》君は驚いた様子で謝った。けれど、そんな石井君に隼都君はさらに怒鳴りつける。

「俺に謝ってどうするんだよ！」

「え？　ああ、そっか。山瀬さんごめんな。怪我とかない？」

「あ、うん。大丈夫だよ」

「それなら、よかった。ってか、山瀬さんも周り見てなかったでしょ？　危ないから次からもっと周りを見てね。よくボーッとしてるしさ」

ぶつけかけた張本人に言われたことに、思わず苦笑いを浮かべながら「そうだね」と答えると、石井君はヘラヘラと笑う。

正直、苛立ちを覚えなくもなかったけれど、そんな態度を取ることはできなかった。

でも――。

「おい、馬鹿なこと言ってんなよ」

「な、なに、怒ってんだよ」

「お前が勝手なこと言うからだろ！　だいたいそういうのはぶつけられた側の言葉であって、ぶつけたお前が言う言葉じゃないんだぞ」

「こ、こわ」

怒鳴りつけられた石井君は、足早にその場をあとにする。

「萌々果、怪我してたら困るから保健室行った方がいいよ。先生には言っとくからさ」

楓が駆け寄ってきてそう言ってくれる。その言葉に甘えて私は、保健室へと向かおうとした。

「……ひとりで行けるよ?」

けれど、そんな私の隣を、当たり前のように隼都君は歩く。思わず尋ねた私の声など聞こえないとでもいうかのように。

心配、してくれてるのだろうか。運動場から校舎へと向かう道を、ふたり並んで歩く。倒れたときに打ちつけた肘がズキズキと痛む。

そういえば。さっきだって隼都君は私を庇《かば》ってくれた。あのとき、隼都君に助けてもらっていなければ、思いっきりボールに当たっていただろう。肘の痛みだけじゃ済まなかったかもしれない。なのに、私は——。

「ありがとう」

「なにが?」

「ボールから助けてくれたこと。ちゃんとお礼、言えてなかったから」

「……そっちか」

「え?」

隣を歩く隼都君は、ため息をつくと私の方を向いた。その頬に擦り傷ができていることに気づく。

「隼都君、血が！　私を庇ってくれたせいだよね？　ごめん、ホントごめん」

「こんなのかすり傷だから大丈夫だよ。それより。さっきの、なんで大丈夫って言ったの？」

「さっきって……」

　隼都君の言う『大丈夫』が、石井君への返答だということはわかっていた。けれど、なんでと言われると答えに困ってしまう。あそこで『大丈夫だよ』と言う以外になんと言えばよかったのだろう。私は隼都君のようには言えない。

「今、俺みたいには言えないって思ってるでしょ」

「なんで」

「わかるよ。……別にさ、俺みたいに言う必要なんてないんだよ。あれは俺の言葉で、俺の気持ちなんだから。でも萌々果は？　本当に大丈夫って思った？　あの言葉は、本当に萌々果の気持ち？」

　そう言われてしまうと言葉に詰まってしまう。あの言葉が上辺だけの、優等生としての私の言葉であることを私は知っていた。

　でも、みんな多かれ少なかれそういうものなのではないのだろうか。自分の本音をすべてさらけ出して自由に生きるよりも、本音を押し込めてうまく生きることを選んでいるのではないのか。

「本当の気持ちを押し殺して、それで誰が萌々果のことをわかってくれるの？」

少なくとも私は、そうしないと自分の居場所を失ってしまいそうで怖い。自分の居場所を守るためなら、いくらでも本音なんて捨てられる。

なのに、どうしてだろう。隼都君の言葉が、妙に胸の奥に突き刺さるのは。苛立ちさえも、覚えるのは。

「隼都君には関係ないでしょ」

「そうだね、関係ない」

「じゃあ、とやかく言わないでよ」

「でも、目の前で笑いたくもないのに笑ってる。そんな萌々果を見るのは嫌なんだ」

「なら見なきゃいいじゃない！　見てほしいなんて頼んでない！」

カッとなって大きな声をあげ、それから自分の言動に驚いて、思わず口を押さえた。

「ちが、今のは……違うの……」

「そっちが本音なんじゃないの？　貼りつけたみたいな笑顔で笑う萌々果じゃなくて、信号機みたいにクルクルといろんな表情を見せて、怒ったり拗ねたり泣きそうになったり。そっちが本当の山瀬萌々果なんじゃないの？」

「違うって言ってるでしょ！」

勝手なことばかり言う隼都君に、私は大声で怒鳴りつけた。私の声に驚いた野良猫が「にゃっ」と悲鳴のような鳴き声をあげて走っていくのが見えたけれど、もう止められなかった。

「だいたいなんにも知らないくせにごちゃごちゃ言わないでよ。本音を言ってどうなるの？　嫌われたら？　嫌がられたら？　仲間はずれにされたら？　……両親の耳に入って、そんな子はいらないって言われたら……？　私の居場所を作るために、仮面を被ってなにが悪いのよ！」

一気に叫ぶように言うと、酸欠だろうか。頭がクラクラしてくる。肩で息をする私を、隼都君は顔をくしゃっとさせて笑った。

「本音、言えてるじゃん」

「うるさい！　ホントむかつく！　私が一生懸命頑張ってるのを壊してなにが楽しいの!?　なんなの、いったい！」

「だって俺、そっちの方が好きだから」

「……は？」

一瞬、言われたことの意味はわからなかった。好き？　こんな私を？　感情のままに言葉を紡ぐ私のことを、好き？

「意味わかんない」

「そう？　普段の、なに考えているのかわからない〝いい子〟の仮面を被っている萌々果より、今の素の萌々果の方がよっぽどいいよ」

「馬鹿じゃ、ないの」

呆れたように言いながらも、仮面を被っていない私を好きだって言ってもらえたこと、それがあまりにも嬉しくて、泣きそうになるのをこらえるので精一杯だった。


結局、私たちは保健室に向かうことなく、校舎裏の階段に腰を下ろした。

開け放たれた窓からは、どこかのクラスで先生が授業をしている声が聞こえる。先ほどまでいた運動場からは、カキンという小気味いい音と、それから歓声が響き渡った。でも、それらすべてが、どこか遠くで起きていることのような気がして、まるで私たちふたりだけ世界から取り残されてしまったみたいだった。

「私、授業をサボるなんて初めて」

「サボってないよ。保健室に行ってることになってるんだから」

「それもそっか……」

隼都君の言葉に小さく笑うと、私は少し躊躇いながらも口を開いた。

「……友達ってなんだと思う？」

私の問いかけに一瞬、隼都君が表情を歪《ゆが》めた気がした。

「隼都君？」

「ああ、うん。そうだね、なんだろ。たまに煩わしいときもあって、でも一緒にいると楽しくて、こいつには負けたくないって思う、でも出し抜きたいとは違う、そんな存在、かな」

隼都君の言葉は、まるで特定の誰かを思い浮かべているように思えた。そんなふうに思える存在がいることは素直に羨《うらや》ましい。だって、私にはもう純粋にまっすぐ信じられる存在なんて、ひとりもいない。

「私もね、前はそう思ってたんだ。……でも、ちょっとしたトラブルから仲違《なかたが》いしちゃって」

「トラブル？」

頷きながら、もう思い出したくもない出来事が頭の中でよみがえる。

ちょうど一年前、中学三年生の頃。私は親友だと思っていた友人たちを、失った。

「きっかけはね、友達に頼まれて化粧ポーチを預かったことだったの」

今でも柄模様までハッキリと覚えている。水色の縁取りがされた白地のポーチで、小さなクローバーのイラストがいくつもプリントされていた。当時仲がよかった別の友人から誕生日に贈られたものだった。

「――体育の授業のあとにね、着替えているとき友人から『これ持ってて』って頼まれたの。先生に呼ばれたからって。なにかあったみたいで慌ててて。それで預かってたんだけど、その子が戻ってくるよりも先に四時間目のチャイムが鳴っちゃったの。私も友人の机の上に置いておいたらよかったのに、すっかり忘れちゃってて。思い出したときには四時間目の授業が始まっちゃってた」

「友達は戻ってこなかったの？」

「先生に結構ショックなことを言われたらしくて、戻ってきたのは四時間目の途中だったんだ。それで昼休みになって『ポーチがない！』って言い出して……」

その言葉で預かっていたことをようやく思い出した私は、慌てて『私が持ってるよ』と伝えようとした。けれど。

「私の手にポーチがあるのを見た瞬間、友達は『萌々果が盗ったの!?』って叫んだんだ……」

「否定しなかったの？　預かっていただけだって」

「もちろんしたよ。そのときの状況もちゃんと伝えた。でも、先生から色々と言われたのもあって、私に預けたことを完全に忘れてしまっていたみたいなの」

一緒にいた友人なら事情を知っているはず、そう思ったのにその子が庇ってくれることはなかった。むしろ私が声をかけようとすると、巻き込まないでと言わんばかりに顔を背けるほどだった。

「結局、親が厳しくてグロスのひとつも買ってもらえない私が、友達を羨ましく思って盗んだんだって決めつけられちゃったの。違うって何度も言ったけど、友達も、先生も――それから両親も、誰も信じてくれなかった」

担任から連絡をもらったらしい母親が、仕事から帰ってきた父親に伝え、頭ごなしに怒られた。『どういう教育をしているんだ！』と母親のことも怒鳴りつけていた。

結局、私の話を信じてくれる人は誰ひとりいないという事実は、厳しくするのも私のことを愛しているからだ、というわずかにあった両親への期待すらも奪っていった。

両親から――特に母親からキツく言われ、翌日私はしてもいないことで頭を下げた。表面上は許してくれて、仲直りをした――ことになっていた。

でも、誰からも信じてもらえなかったことが、私の心の傷となっていた。

「誰かを信じて裏切られるのが怖い。だから自分の本心を人に伝えることも、心の底から誰かを信じることもできないの」

「でも、今の萌々果のそばにいるのはそのときの子たちとは違うよ」

「わかってる！」

そんなことはわかっている。でも、一度裏切られた経験というのは、そんなに簡単に払拭されるものではない。もしかしたら、また、今回も。そんなことが頭をよぎるたびに、本音が心の奥に沈んでいく。

「当時はさ、周りの人が萌々果のことを信じなかったのかもしれない」

隼都君は私の瞳をまっすぐに見つめたまま、言葉を続ける。

「でも今は、萌々果の方が周りの人を、友達を信じていないんじゃない？」

「それ、は……」

私は思わず言葉に詰まる。どうにかして否定したかった。けれど、あまりにも的を射すぎていて、なにも言えなかった。

唇を噛《か》みしめる私の隣で、隼都君は言った。

「『嫌われたくないから本音が言えない』『きっと誰も私のことなんか信じてくれない』。萌々果の言葉は萌々果自身を卑下しているようでいて、本当のところでは友達を、そしてご両親をそういう人間だと思っているんじゃない？」

そうなのかも、しれない。心の奥底で、私が周りの人のことを信じられていないから、本当のことを話せないのかもしれない。でも、もしも——。

「もしも本当のことを言って、また信じてもらえなかったら？　本音できちんとぶつかったら、相手が信じてくれるなんて保証がどこにあるの……？」

「萌々果？」

「——家に、居場所がないの」

私の言葉に、隼都君は驚くことも心配そうにすることもなく「そっか」とだけ返事をする。その素っ気なさが、今はちょうどよかった。

「別にね、虐待をされてるとか、私だけご飯を与えてもらえないとかそういうのはないの。ただ、私にだけ厳しくて、私にだけ優しくない。それだけなんだけどね」

そんなことで、と思う人もきっといるだろう。私だってそうだ。もっとつらい思いをしている人も、苦しんでいる人もいる。それに私に厳しくするのだって、なにか理由があって、私のためにしているのかもしれない。あるいは、私が苛つかせるようなことをしたのかもしれない。それなら、つらく思うのは間違っているんじゃないか。

そう思おうと、してきた。でも。

「妹と同じぐらい、優しくしてほしいって思っちゃうのは、お姉ちゃん失格だよね」

「そんなことないよ。優しくされたいって思うのは当たり前のことだ」

「……ありがと」

こんなふうに本音を言うことなんて今までなかった。優等生でいようと頑張ってきた。期待に応えようと必死だった。そうすればいつか愛してもらえるかもしれないと、ずっといい子の仮面を被ってきた。

「……隼都君だけだよ、私が仮面を被っていることに気づいてくれたの」

ずっと誰にも気づかれなかった。ずっと誰にも気づかれたくなかった。気づかれたらすべてが終わると、そんなふうに思っていた。家の中だけいい子でいても、なにかの拍子に学校での様子を、家の外での態度を、家族が耳にするかもしれない。そう考えると、たとえ家族がいないところでも、いい子の仮面を外すことはできなかった。

「そっか、じゃあ気づけてよかった」

「え？」

「だって萌々果は、本当の自分に気づいてほしかったんでしょ？」

「そんなこと……！」

否定しようとする私の言葉を遮るように、隼都君は口を開いた。

「だって萌々果、今言ったでしょ。『気づいてくれたのは』って。『気づかれたのは』じゃなくて『くれた』ってことは、本当は気づいてほしかったけどそう言えなかっただけだって俺には思えたけど、違う？」

違う、と言いたかった。そんなことない、と否定したかった。けれど、隼都君の言葉を否定するだけの答えを持っていなかった。

でも、もしかしたら——。気づかれたくない、は、気づいてほしいの裏返しだったのかもしれない。だってその証拠に、隼都君が気づいてくれたことがこんなにも嬉しいのだから。

「いい子なんかじゃなくていいんだよ。嫌なことは嫌だって言えばいい。違うと思えば違うと、反抗したければ反抗したっていいんだよ」

「反抗……そんなことして、自宅を追い出されたらどうしたらいいの？」

私は不安な気持ちを吐き出した。

愛されているという自信があるのなら、どれだけ反抗したって、きっと両親の愛情で受け止めてくれると思えた。でも私は違う。私はいい子じゃないと愛してもらえない。ただの萌々果は両親にとってはなんの価値もない、ちっぽけな存在なんだ。

「もしも『こんな言うことをきかない子どもなんて、もういらない』って捨てられたら、どうしたらいいの……？」

ずっと怖かった。私がいらない子になったらどうしようって。期待外れで、こんなはずじゃなかったのにと思われていたらどうしようって、ずっとずっと不安で仕方がなかった。

不安な気持ちを吐き出す私に、隼都君は一瞬苦しそうな表情を浮かべたあと、優しく言った。

「じゃあ『両親の前で』が無理なら、まず手始めに俺の前でだけでもいい子でいるのをやめてよ」

「隼都君の、前で？」

「そう。まずは俺の前、次は友達、学校。少しずつ素直になれる、萌々果が萌々果らしくいられる場所を増やしていこうよ」

すぐに返事はできなかった。なによりも、どうして隼都君がここまで私のために言ってくれたり親身になってくれたりするのかがわからなかった。

疑問を覚える私に、隼都君は笑う。

「言いたいことがあるなら、口に出して言わなきゃ伝わらないよ」

「べ、つに……」

「本当に？」

ジッと私を見つめる隼都君の瞳は、なにもかもを見透かしているように見えて、思わず視線を逸らす。けれど。

「……どうして、こんなによくしてくれるの？」

絞り出すようにして伝えた本音。その問いかけに、隼都君はふわっと優しい笑みを浮かべた。

「萌々果が俺によくしてくれたから」

「私が？」

そんなことした覚えなんてない。せいぜい学校の中を案内したぐらいで……。

「それにほら。俺、神様だから。神様って人間に優しくするもんだろ？」

「……なにそれ」

人によってははぐらかされたと怒るかもしれない。けれど隼都君の答えになっていない言葉に、思わず笑ってしまった。

昨日まで、ううん、さっきまでの私となにも変わっていないはずなのに、どうしてか気持ちが少しだけ楽になったような、そんな気がした。

「そんなに笑う？」

「だって、なんかおかしくて」

変な笑いのツボに入ってしまったのか、気づけば私は目尻に涙が滲むぐらい笑ってしまっていた。

「よくわかんないけど、萌々果が楽しそうだからいいや」

そう言ったあと、隼都君は少し考えるような表情を浮かべ、それから笑った。

「俺の前では、もうほとんどいい子の仮面は外れてるようなもんだね」

「……そう、かも」

こんなふうに自然に笑えるなんて思ってもみなかった。

隼都君のおかげで……。

顔を見合わせた私たちは、もう一度声を出して笑った。

「――急になにもかもを変える必要なんてないんだ。立ち止まることがあっても、後ろを向いてしまうことになってもいい。一歩ずつゆっくり、前に進んでいけばいいんだよ」

そんな発想は、私の中にはなかった。すべてを壊すか、すべてを諦めるか、そのどちらかの選択肢しかないと思っていた。

でも、隼都君の言葉に、ほんの少しだけ気持ちが軽くなるのを感じた気がした。

幕間

夢の中で、隼都はこれまで出したことのない大きさの声で叫んでいた。

「萌々果！」

先ほどの衝撃音がなんだったか、辺りを見回して隼都はようやくわかった。前方が大きくひしゃげた車が、電柱に突き刺さっていた。

「萌々果……駄目だよ、なんで……」

慌てて駆け寄るけれど、ぐったりとした萌々果の身体からは、たくさんの血が流れ出ていた。萌々果のそばに膝をつき、必死に身体を引き寄せるけれどピクリとも動くことはない。

まるで時が止まったかのように、隼都は萌々果の動かない身体を抱きしめ続けた。

「――おいって言ってんだろ」

そんなどう考えても場違いで、この状況にそぐわない男の声が聞こえてくるまでは。

「え……？」

萌々果の方を向いたまま、視線だけはそちらに向けて睨みつける。けれど、そこにいた男の姿に思わず言葉を途切れさせた。

「なに、あんた……」

そこに立っていたのは黒いスーツを着た男。それだけならどこにでもいるビジネスマンに見えただろうけれど、その男は二十代半ばほどに見える外見とは裏腹に、まるで老人のように真っ白な髪の毛をしていた。

「俺か？　俺は神様だ」

「かみ、さま？」

おかしそうにクスクスと笑うと、男は萌々果のそばにしゃがみ込み、手を翳《かざ》そうとした。

「なにやってるんだよ！」

「なにって、仕事だよ、仕事」

「はあ？」

「はあ、じゃなくて。この子の命を持っていくの。俺の仕事、神様だから」

当たり前のように男は言うけれど、なにひとつとして隼都には理解できなかった。男が神様だということも、そして萌々果の命を持っていこうとしていることも。

「意味わかんないこと言うなよ！」

「いやー、まあわかってもらおうとは思わないけどね。人間にわかってもらう必要なんて全然ないし。んじゃまあ、そこどいてもらって命をもらおうかなっと」

「渡さない！」

隼都は萌々果の身体を強く抱きしめる。自分の服に血がつくのも厭《いと》わず、神様と名乗る不審な男から守るように。

「……ふーん？」

男はニヤリと意地悪そうに笑うと、まっすぐに隼都を見据えた。

「お前、その娘のことがよっぽど大事なんだな」

「だったらなんだよ。お前には関係ないだろ」

「いや、関係ある。俺は神様だって言っただろ。今からその娘の魂を回収するんだ」

「……は？」

相変わらず男がなにを言っているのかも言いたいのかもわからない。ようやく顔を上げた隼都に、男は口角をさらに上げ、ニヤリと笑った。

「なに、言ってるんだ、お前」

「なにって、俺の任務内容だよ。その娘の魂を抜いて連れていく。そのために俺は来た——んだけど、ちょっと気が変わった」

わざわざ俺と視線を合わせるようにしゃがみ込むと、男は楽しそうに「なあ」と口を開いた。

「彼女が生きているときに戻してやろうか」

男がなにを言っているのか、隼都にはまったく理解できなかった。ただその提案が隼都にとって、利のあるものであることだけはたしかだった。

第三章

誰にも邪魔されることなく、ふたりで他愛もない話をする時間は思った以上に楽しかった。といっても本当に些細なことばかりで、通学路の途中に猫がいたとか、海と山ならどちらが好きか、とか、そんなどうでもいいことを話し続けた。

気づけば、チャイムの音が聞こえ、授業が終わったことを知る。さすがに二時間連続でサボるわけにいかない。それに体育の授業だったので、ふたりとも制服ではなく体操服姿だ。更衣室に着替えに行く必要もあった。

「しょうがないから戻るか」

「そうだね」

隼都君の言葉に相槌《あいづち》を打ったあと、私は一言付け加えた。

「面倒くさいけど、戻ろっか」

隼都君は私がそう言ったことに一瞬、驚いたような表情を浮かべたあと、目を少し細めて優しく微笑んだ。初めて見るその表情に、私の心臓がどくんと大きな音を立てて鳴り響く。

いったい、どうして、こんな……。

「ねえ、萌々果」

「え？」

立ち上がった私に、まだ座ったままだった隼都君は声をかける。どうしたのかと見下ろすと、そこには真剣な表情で私を見上げる隼都君の姿があった。

「ふたつ目の課題。覚えてる？」

「……友人に、本音を話す」

「うん。俺に本音で話せたから、次は友達の番だ」

「……それ、は」

「言っただろ、少しずつ本音で話せる場所を増やしていこうって」

同意を求めるように言われたものの、すんなりと頷くことができない。

隼都君の言うことは正しい。でも、どうしても怖さや不安が先に出てしまって、一歩先に進むことが躊躇われた。

「……俺もさ」

俯いて靴の先を見つめる私の耳に、隼都君の声が聞こえた。けれどその声は、いつものように明るいものではなくて、どこか重苦しささえ感じさせるトーンだった。

「中学の頃、友達とトラブルがあって」

「隼都君が？」

「意外そうだね」

ふっと表情を和らげた隼都君に私は頷こうとして、噂話を思い出した。

「でも、ないか。なんか聞いた？　噂とか」

そう尋ねる隼都君に、今度こそ私は頷いてもいいのかわからなくなる。

聞いてないといえば嘘になる。でも。

「聞いたけど、噂話だから」

「え？」

「噂なんて尾ひれがつくものだから。それに私は、私自身の目で見たものか、本人の口から聞いたことしか信じたくない」

「萌々果……」

驚いたように隼都君は目を見張る。

そんなふうに見つめないでほしい。いくらカッコいいことを言ったところで——。

「でも否定もできなくて、結局話を合わせちゃうから、噂話をしている子と大差ないけどね」

「そんなことないよ」

私の言葉を否定する声が胸の奥に響いて、思わずなにも言えなくなる。

「少なくとも萌々果は俺のことを、噂という名のフィルターを通して見ずにいてくれた。それは俺にとって嬉しいことだったよ」

「じゃあやっぱり噂なんて……」

「それは、八割ぐらい本当かも」

「え？」

どういう意味かと思っていると、隼都君は立ち上がり、「行こうか」と歩き出す。

慌てて私はその隣に並んだ。

「あの、八割って」

「そのままの意味だよ。俺、中学の頃はサッカー部だったんだ」

歩きながら話す隼都君の隣で頷きながら、神様であるはずの隼都君に昔があることを不思議に思った。

「結構強かったんだけど、こ、しょう、しちゃって」

未だ話すことがつらいのか、隼都君は言葉を詰まらせながら言う。

「そのときに周りの友達が腫《は》れ物に触るかのように俺のことを扱い始めたんだ。まあ、なんて声をかけていいかわかんない気持ちはわかるけど……。でも、友達だと思っていた奴が、俺がサッカーができなくなったおかげでレギュラーを取れたって喜んでた。そんなこと聞いたらさ、友達ってなんだろうってなっちゃって」

「ひどい……」

サッカーができなくなって一番つらい時期に、友達がさらに追い打ちをかけるなんて。そのときの気持ちを想像するだけで、胸が苦しくなる。

顔をしかめる私に、隼都君は「ありがと」と小さく笑った。

「サッカーができなくなったことがきっかけで仲良くなった人もいる。でも、それ以上にサッカーができなくなったせいで、なくした友達の方が多かった、かな」

「なのに、怖くないの？」

思わず私は尋ねてしまっていた。

「そんな状態で、誰かを再び信じることが怖くないの？」

「……怖いよ」

「なら！」

それなら、私が本音で話せないことも理解してくれるのではないか。そう、思った。

けれど、隼都君は私ではなく、まっすぐ前を見て言う。

「怖いけれど、それ以上に友人だった奴のことを嫌いになりきれない自分がいるんだ」

それは隼都君自身の中での相反する感情だった。

「あんなふうに言われて悔しい気持ちはあるけれど、それ以上に一緒に過ごして楽しかったり涙したりした日々のことを忘れられない」

隼都君の言葉が胸に突き刺さる。

きっと信じてもらえないと思いながら、誰かを信じることもできずにいるのに、誰かから信じてもらうことを望んでしまう。誰かから愛されることを求めてしまう。

「ほんの少ししか頑張れないかもしれない。でもほんのちょっとでもいい。前に進めたら、勇気を出せたら、なにかが変わるかもしれない。自分も、そして誰かも。俺はそう思ってる」

隼都君の言葉は、私の背中をゆっくりと優しく押し続けていた。きっとあと必要なのは、私が一歩を踏み出す勇気だけ。その勇気を——私はまだ持てないでいた。

隼都君と話をしてから数日が経った。隼都君が言いたいことはわかったし、私がどうしなければいけないのかも理解はしている。ただほんの少しの勇気と、それからきっかけが必要だった。

そしてそのきっかけは、意外と早くやってきた。

四時間目の移動教室のあと、お手洗いに行くという楓と咲葵を置いて先に教室に戻ると、なにやら私の席の辺りが騒々しかった。どうしたのかと人の輪から覗き込むと、私の机の上にあるはずのないものが置かれてあった。

「なんで……」

私の声に、人垣が割れるかのように机の周りを取り囲んでいたクラスメイトたちが距離を取ったのがわかったけれど、そんなことを気にしている余裕はなかった。

私の机の上には、ひしゃげてボロボロになった万年筆があった。それは今朝、楓が私に見せてくれた万年筆だった。

ヒソヒソと私を見ながら話す声が聞こえる。どの声も、私のことを友人の万年筆を壊したひどい奴だと責め立てていた。

「ちが……っ！」

違うと、私は知らないと、壊してなんかいないと、そう言いたくて、でも言えなくて。俯いて手をギュッと握りしめる。きっと、本当のことを言ったって誰も信じてくれない――。

「どうしたの？」

後ろから聞こえてきた声に振り返ると、そこには楓と咲葵が立っていた。立ち尽くしたままの私に、首を傾げ不思議そうに見つめる。

「あ……ちが、待って……！」

慌てて隠そうとしたけれど、それよりも早く楓は私の肩越しに、机の上で無惨な姿と化した自分の万年筆を見つけていた。

「な……」

「ひどい……！」

隣にいた咲葵も言葉を失うと――一瞬、私に視線を向けたのがわかった。

ああ、やっぱり。結局、どんなに友達だって言ったって、信じてはもらえないんだ。そりゃそうだよね、この状況だったら私を疑うよね。仕方ない。仕方がないんだ。

「……っ」

「さっきから黙ったままだけど、それ穴吹のだろ」

声をあげたのは、少し離れたところからずっとこっちを見ていたクラスメイトの男子だった。

「わざとなのか間違ってなのか知らねえけど、壊したんだったらさっさと謝れよ」

「ちょっと、関係ないのに口を挟まないで」

「な、なんだよ。俺はお前のために……」

楓にキッと睨まれて、男子は口を尖《とが》らせながら不服そうにしていた。そんな男子をよそに、楓は私の手をギュッと握りしめる。

「私は、これをやったのが萌々果じゃないって思ってる」

まっすぐに私を見つめる楓の瞳。

本当に信じてもらえているのだろうか。ほんの少しも疑っていないのだろうか。

だってこんな状況、どう見ても犯人は私だと普通なら思う。私だって――。

「だから、なにか誤解があるならちゃんと話してほしい」

「ごめん！」

その瞳から、私は逃げた。どうせ誰も信じてくれないと決めつけて。

「萌々果!?」

逃げてもどうにもならないことなんてわかっていた。けれど、もうあの場所にいられなかった。

教室を飛び出した私は、行く当てなんてないのに廊下を走っていた。とにかく教室から離れたい。それしか考えられなかった。

だから、後ろから誰かに腕を掴まれたとき、一瞬自分がどこにいるのかわからなかった。

「なにやってるんだよ！」

「はや、と……くん……」

「もうすぐ授業始まるっていうのに、どこに行こうとしてるんだ？」

「あ……」

知らないうちに階段を上っていたらしく、私の目の前には屋上に通じるドアがあった。

「サボるの？」

「そういう、わけじゃ……」

隼都君は教室での一件を知っているのだろうか。知らずに心配して追いかけてきてくれたのか、それとも咎《とが》めるために——。

「萌々果」

「…………」

「このまま、逃げていいの？」

隼都君の言葉は、そのどちらでもなかった。

「逃げて全部終わりにするの？」

「そんなの、わかんないよ……！」

「今逃げたら、大切なものを失ってしまうんじゃない？　それとも、萌々果にとっては失ってもいいぐらいの存在なの？」

「ふたりを、失う……？」

賑やかで騒がしいときもあるけれど、明るくて無邪気で、入学式の日、私が教室にひとりでいたら声をかけてくれた楓。心配性すぎるところもあるけれど、周りをよく見ていて、私や楓が困っていると手を差し伸べてくれる咲葵。ふたりとも大切で、大事な存在で――。

「なくしたく、ない……」

「なら、どうしなきゃいけないか、わかるよね」

わかっている。わかっている、けど。

「萌々果はふたりが、萌々果の言葉を信じてくれないってそう思ってるの？」

「そんなことない！　そんなこと、ないけど」

「人に信じてほしいなら、萌々果が人を信じなきゃ」

「前にも、そう言ってくれたね」

私の言葉に、隼都君はなぜか泣きそうな顔をしたあと優しく笑った。

「俺も人に言われた言葉なんだ」

「そう、なんだ」

隼都君にそんな顔をさせる人って——。ふと思い浮かんだ予感について考える暇を隼都君は与えてくれなかった。

「なくしてからじゃ取り戻せないこともある。取り戻せたとしても、なくす前よりずっとずっと大変な思いをしなきゃいけないことだってある。でも、萌々果はまだそうはなってないだろ？　まだ間に合うんじゃないの？　このままなにもせずに、ふたりのこと失って後悔しないの？」

「私……っ」

不安な気持ちは、まだどうしてもある。でも、それ以上に隼都君の言う通り、楓と咲葵のふたりを失うことの方が、ずっとずっと怖かった。

教室に戻る足取りはどうしても重くて、何度も何度も逃げ出したくなった。でも。

進行方向に背を向けて、今来た道を引き返そうとした私の目に、少し後ろを歩いていた隼都君の姿が見えた。その目を見ていると『大丈夫』と言われている気になって、私は、もう一度前を向いて歩き出す。

やがて教室が見えた。

心臓の音がうるさい。全身の血管が脈打っているみたいに、あちこちで鼓動の音が聞こえる。

教室のドアにかけた手は震えていた。ううん、手だけじゃない。足も、そして身体もあまりの恐怖に震えていた。

普段なら簡単に動くはずのドアは、なぜかビクともしなかった。

「萌々果？」

動かない私に、隼都君がどうしたのかと声をかける。

「……ドアが、開かなくて」

「鍵は、かかってないと思うよ」

「うん……。でも、どうしても開かないの。だから」

私は小さく息を吸い込んで、隼都君を見た。

「一緒に、開けてもらってもいい、かな？」

「……もちろん」

少し驚いたような表情を浮かべたあと、隼都君は優しく微笑みながら私の手に手のひらを重ねた。私は安堵して、それから重ねられた隼都君の手のぬくもりに、ほんの少しだけ気持ちが落ち着くのを感じた。

「じゃあ、行くよ。せーの」

隼都君のかけ声で力を込めると、先ほどまで開かなかったのが嘘みたいにすんなりと開いた。

開いたドアの向こう側には、こちらを見るクラスメイトの、そして楓と咲葵の姿があった。

「萌々果！　どこに行っちゃったのかと思ったよ！」

「ホントに！　急に飛び出していっちゃうんだもん！」

私の姿を見た楓と咲葵は慌てて駆け寄ってきてくれた。その表情は、私のことを心配してくれているようだった。

「わた、私……」

ふたりの顔を見ることができず、思わず俯いてしまう。

心配をかけてしまったこと、そしてあんなふうに飛び出していったにもかかわらず、こうやって心配してくれていたこと。申し訳なさと嬉しさが入り交じって、なにも言えなくなってしまう。早くなにか言わなくちゃと、そう思えば思うほどうまく声が出なくて、喉の奥から掠《かす》れたような空気音がするだけだった。

「大丈夫だから」

そんな私の頭上に、咲葵の優しい声が降り注ぐ。

「ゆっくりでいいから。萌々果が話せるようになったらで大丈夫。私たちはここにいるから」

「そうだよ。私たちは萌々果の言葉を信じるから」

ふたりの言葉に、私は一度、二度と呼吸を繰り返し、それから絞り出すような、掠れた声を出した。

「私じゃ、ない」

言った瞬間、ギュッと目を閉じた。本当は耳も塞いでしまいたくて、でもそんなことはできないから必死に身を縮めた。なにを言われても仕方がないと、覚悟を決めて。

でも――。

「うん、わかった」

「……え？」

「萌々果がそう言うならやってないよ、絶対に」

言い切るふたりに私は、気づけば顔を上げていた。

「もー、なんて顔してるの」

「ホントだ。ほら、泣かないで」

楓が持っていたハンカチを、私の頬に当てる。そうされて初めて、私は、自分が泣いていることに気づいた。

「わ、た……」

「ん?」

「私が言うことを。信じてくれるの……?」

思わず尋ねると、ふたりは顔を見合わせ、そして私の方へと視線を戻すと笑った。

「当たり前だよ。さっきも言ったでしょ、萌々果の言葉を信じるって」

「萌々果は嘘をつくような子でも、つけるほど器用な子でもないしね」

笑みを浮かべながら言うふたりの姿が、なぜか滲んで見えなくなる。

「……っ」

「もう、泣き虫なんだから」

そんな私の身体を抱きしめながら、ふたりはもう一度笑った。

ふいに、ふたりの肩越しに隼都君の姿が見えた。私を見つめる隼都君は、優しく優しく微笑んでいた。


結局、どうして万年筆があんなことになっていたのか、そして誰がやったのかはわからないままだった。

「本当に誰が置いたのか、犯人見つけなくていいの? そいつのせいでみんなに萌々果が誤解されるところだったんだよ!?」

　私が犯人じゃないことは、教室にいたクラスメイトは一応信じてくれた、と思う。昼休みの今、さっきまでの重苦しい空気とは違い、教室の中はいつも通りの和やかな空気が流れていて、みんな思い思いの場所でお昼ご飯を食べていた。私たちも、机を向かい合わせてお弁当を食べる。

「うん、ふたりが信じてくれたから、私はもういいかな。でも、楓は？　これ買ったばかりだって言ってたでしょ？」

「うーん、腹が立たないって言ったら嘘になるけど、でも」

　楓は私を見て嬉しそうに微笑んだ。

「その誰かのおかげで、萌々果がちゃんと自分の気持ちを教えてくれたし」

「え……？」

　お箸で挟んでいたウインナーを落としそうになりながら、私は目の前の楓を見た。

「いつも私や咲葵に振り回されて本音を言えてないんじゃないかって思ってたの。ほら、萌々果のこれが好き、あれが嫌いって話もあんまり聞いたことなかったし。萌々果ってなにかあっても呑み込んじゃうでしょ？　だからさっきみたいに、ちゃんと萌々果の気持ちを聞けたの、すごく嬉しかったんだ。ね！」

　私の隣に座る咲葵に同意を求めるように声をかけると、咲葵も「そうそう」と卵焼きを頬張りながら頷いた。

「気づいて、たんだ」

「当たり前だよ。ってか、気づいてないと思われてる方が心外だよ」

「あ、え、ご、ごめん」

反射的に謝った私に、咲葵は肩をすくめる。

「本音を話してくれていないっていうのは伝わってた。でも、嘘はついてないってわかってたからさ。いつか本音で話してもらえる関係になれればいいなって、そう思ってたんだ。だから、ちゃんと話してくれて嬉しい」

はにかんだ笑顔の咲葵、嬉しそうに微笑む楓の姿に、胸の奥がキュッとなるのを感じた。

誰も私のことなんて気にしていないと思っていた。自分を守るために、ずっと周りの優しさから、想いから目を背けてきた。けれど、私が気づかないフリをしていただけで、本当はこんなにも私のことを想ってくれていた。

「ごめ……」

もう一度謝ろうとして、私は拳を握りしめると顔を上げた。

「ありがとう」

作り物じゃない笑みを浮かべる私に、ふたりも嬉しそうに頷いた。

「──でさ」

お弁当を食べ終わった頃、咲葵は振り返ると、後ろの席に座っていた男子──江口《えぐち》君に声をかけた。

「なにか言いたいなら早く言った方がいいんじゃない？」

「え？」

咲葵の言葉の意味がわからなくて、首を傾げながら視線の先にいる江口君の姿を見た。江口君は俯いていたけれど真っ青になっているのがわかった。

もしかして──。そんな思いがよぎるのと、彼が俯いた顔をさらに下げるのは同時だった。

「ごめん！　万年筆、壊したの僕なんだ！」

「……やっぱり」

「咲葵、知ってたの？」

驚いて尋ねると、咲葵は江口君に視線を向けたまま私に頷いた。

「知ってたっていうか、萌々果と話しているとき、ずっと後ろでなにか言いたそうにしてたから、もしかしてって思って。最初は犯人を知ってるのかなって思ったけど、顔色見てそうじゃないなって」

「私、全然気づかなかった」

「私も……」

楓も私と同じように気づいてなかったらしく、思わずふたりで顔を見合わせていた。

「あの、ごめんなさい！　落ちてるの気づかなくて、踏んじゃって……」

「それで？　萌々果のせいにすればいいって思ったの？」

「ち、ちが……。あの、落ちてたのが山瀬さんの席の近くだったから、山瀬さんのだと思って」

「戻しておけば自分が壊したことはごまかせるかもって思ったんだ」

「……そう、です」

咲葵の追及に、江口君は観念したのか蚊《か》の鳴くような声で答えた。

「ってことだけど、どうする？」

こちらを向いた咲葵の視線は、私と楓に向けられていた。どうする、と言われても。

「私は……」

口を開いた私を、男子だけじゃなく楓が、そして咲葵が見つめていることに気づく。

『私は大丈夫だよ』そう続けようとした、けれど。

ふう、と息を吐き出すと、私は目の前の男子を見つめた。

「楓に、謝ってほしい」

「萌々果……！」

「壊したこと、もう一度ちゃんと楓に謝って」

私の言葉にはっとした表情を浮かべて、江口君は慌てて頭を下げた。

「ごめんなさい！」

「……壊したことはもういいから、江口のせいで萌々果が疑われたこと、ちゃんと謝って」

「楓……」

その言葉に、江口君は私の方を向き直った。

「正直に名乗り出なくて、本当にごめんなさい」

でもそんなことはもうどうでもよかった。それよりも、楓が自分のことよりも私を気にかけてくれたことが嬉しくて、泣きそうなぐらい嬉しくて、私のせいにされそうになったことなんてもうどうでもよかった。

私たちの会話が聞こえていたらしいクラスメイトからも謝られ、すべての誤解が解けてこの件は一件落着となった。ちなみに、江口君は弁償すると言っていたけれど、わざとじゃないならと楓は断っていた。

さっきまでのギスギスした雰囲気はなくなり、笑顔が溢れる教室を少し離れたところから見回す。

かつて信じてもらえなくて、たくさん悲しい思いをした。もうあんな思いをしたくなくて、誰かを信じることから逃げてきた。でも。

きちんと言葉を伝えれば、信じてもらえる。気持ちは伝わる。それはかつて私が築くことのできなかった、でも本当は築きたかったものだった。

幕間

言葉の真意を知るべく、隼都はまっすぐに男の目を見据えた。そんな隼都に男は楽しそうに笑う。

「どうだ？　悪い話じゃないだろ？　彼女が生きているときに戻りたくないのか？」

男の言葉に隼都はゴクリと唾を飲み込んだ。

「本当に、戻してくれるのか？」

萌々果の身体を抱きしめたまま、尋ねる隼都に、神様と名乗った男はニッと笑みを浮かべた。

「ああ、もちろん。——ただし、無償ではないけどな」

「なにを……」

せせら笑うように言う男の口から出た対価は、隼都の予想すらしないものだった。

「お前の余命」

「余命って……」

隼都の脳裏に、先ほどの医者の話がよみがえる。

このままなにもしなければ、どちらにしても三ヶ月で死ぬ命だ。それなら、自分を変えてくれた萌々果のために使えたらどれだけいいか。それに、どうせ萌々果がいなければ今こうやって隼都が生きていることだってなかったかもしれないのだから。

「そうだ。戻してやる代償として、お前から余命をもらう。どうだ？　怖いならやめておくか？」

「いいや、やる」

「へえ。いい度胸じゃないか」

自分で言っておいて隼都の返事が意外だったのか、神様は興味深そうに言うと、薄い唇の端を少しだけ上げた。

「それじゃあ契約成立だ。お前の余命を代償として、今から一〇〇日前に時間を戻してやる」

神様は萌々果に翳そうとしていた手を、隼都へと向けた。その手にはなにもないはずなのに、身体の中からなにかが吸い取られているような感覚に襲われた。

「……って、なんだお前。ほとんど余命残ってねえじゃねえか」

遠くなる意識の向こうで、舌打ちをしながら言う神様の声が聞こえた。

「たった三ヶ月って……ああ、もういい。お前が戻るのは今から一〇〇日前だ。代償に足りない分は、周りの人間からお前の記憶を吸い取ることで勘弁してやる」

神様が自分を見下ろしながらなにか話し続けているのが、うっすらと開いた瞳に微《かす》かに映った。

声は聞こえてはいるものの、すべてを理解することはできなかった。けれど——。

「戻った先では、周りの人間からお前と過ごした思い出は、綺麗さっぱり消えている。

これから始まるのは、お前の余命と、それからお前の大事な人たちから吸い取った記憶でできた、奇跡の時間だ」

ようやく理解できた言葉に、隼都はもうほとんど動かない口角をわずかに上げた、それでもいい、もう一度、萌々果に会えるなら。萌々果を、助けることが、できるなら。

いつの間にか、悪態をつく神様の声は隼都の耳に届かなくなり、やがて真っ暗闇に吸い込まれるように、意識を手放した。

第四章

いつの間にか教室から姿を消していた隼都君が、再び戻ってきたのは昼休みが終わる頃になってからだった。後ろの席に座った隼都君を振り返ると、私は声をかけた。

「あの、万年筆の件、無事解決したよ」

できれば頑張ったところを、隼都君にも見ていてほしかった。そう思うのは、甘えだろうか。でも、勇気を出せたのは隼都君のおかげだから――。

そう思う私に、隼都君は優しく微笑んだ。

「うん、知ってる」

「え？」

「無事解決できてよかった。万年筆も、それから友達とのことも」

まるで見ていたかのように言う隼都君に驚いて、思わず尋ねてしまう。

「見てたの？」

「そりゃ見てるよ。……課題だしね」

「あ……」

そうだ、これは課題だったんだ。私のことを思ってくれたわけでも、私のために見ていてくれたわけでもない。ただ、神様である隼都君にとっては私に取り組ませなければいけない課題だから――。

「そっか……。そう、だよね。課題、だもんね。そうだよね」

「……うん」

私の言葉に、隼都君はなぜか傷ついたような表情を浮かべた。自分で言ったことなのに、どうしてそんなにつらそうな顔をするのか、私にはわからなかった。

そもそも私は、隼都君のことをどれぐらい知っているのだろう。隼都君が話して聞かせてくれたこと以外だと、あとは噂で耳にしたことぐらいしか知らない。

聞いてみても、いいだろうか。でも、聞かれて嫌な気持ちにならないだろうか。なんで聞いてくるのだと不快に思わないだろうか。

「どうかした？」

「……ううん、なんでもない」

曖昧に笑ってごまかすと、私は黒板の方を向いた。なにか言いたそうな隼都君に背中を向けて。


五時間目の授業が終わり机の上のものを片付けていると、肘が当たって筆箱が床に落下した。慌てて拾おうとするけれど、私よりも早く隼都君が筆箱を手に取った。

「はい、これ」

「ありがとう。……って、あれ？」

筆箱を手渡そうとした隼都君に私は違和感を覚えた。

「どうかした？」

二度、三度と目を瞬いていると、隼都君はいつまでも受け取らない私に首を傾げた。

「萌々果？」

「あ、ううん。ありがとう」

慌てて受け取ると、違和感はいつの間にか消えていた。

そう、だよね。そんなことあるわけがない。一瞬、隼都君の手が透けて見えたなんて。

前を向いて、妙に速い鼓動を必死に落ち着かせる。きっと私の見間違いだ。

――でも。神様であれば人間じゃないし、ありえたりもするのだろうか。

考えすぎてよくわからなくなっている私の肩を、誰かが叩いた。

「ひゃっ」

「萌々果？」

「大丈夫？」

私のすぐ隣には楓と咲葵の姿があった。

「あ、えっと……。考え事してたら、急に肩を叩かれたからビックリしちゃって」

へらっと笑ってごまかす私に、顔を見合わせるとふたりは廊下を指さした。

「ね、ちょっとあっち行こ」

「え？　ど、どうしたの？」

「いいから。ね？」

ふたりに腕を引かれ、連れられるようにして廊下へと出ていく。立ち上がった拍子に隼都君と目が合ったけれど、特になにも言うことなく私は顔を背けた。

「あ、あの。どうしたの？」

廊下に出ると、ふたりは辺りに人がいないかどうかを確認して、私を廊下の壁に押しつけるようにして顔を近づけた。

「ねえ、萌々果！　大丈夫だった？」

「え？」

「さっき蔵本になにか言われてたでしょ？　萌々果、固まってたから嫌なことでも言われたんじゃないかって心配してたんだよ」

どうやらさっきの私たちを見て、ふたりは真剣に心配してくれたようだった。私は慌てて否定する。

「ごめん、心配かけちゃって。でも大丈夫だよ」

「ホントに……？　でも、一時間目も……」

「え？」

「咲葵！」

なにか言いたいことがあるらしい咲葵を、楓が制止する。一時間目というと、私が——。

「さっきはそれどころじゃなくて聞かなかったけど。萌々果さ、保健室に行くって言ったっきり帰ってこなかったよね？　萌々果も、それに蔵本も。……もしかして、ずっと一緒にいたの？」

「え、あ……」

楓の声色が『違うよね？』『そんなわけないよね？』と言っているように聞こえた。どう、しよう。本当のことを言ってもいいだろうか。一時間目が終わるまで隼都君と一緒にいたと。噂と違っていい子なんだよ、と。でも……。

「そんなわけないじゃん！」

私がなにか言うよりも早く、楓が咲葵の言葉を否定した。

「それじゃあ、まるでふたりが一緒にサボってたみたいに聞こえるよ。萌々果に失礼だよ」

その言葉が、隼都君に対して失礼なのでは、そう思った、のに。

「……そ、そうだよ。なんか、はや——蔵本君、私を保健室に連れていってくれたあと、サボってたみたいで、更衣室から戻ろうとしたときにちょうど会ったの。それで教室まで一緒に来たみたいになっちゃって」

自分でも、よくもここまでスラスラと自己擁護のための嘘が出てくるなと、感心を通り越して悲しくなる。でも私のそんな嘘に、楓はあからさまに安心した表情を浮かべた。

「そっか……、ならよかった。ほら、萌々果ってば優しいからさ、蔵本のことも今、お世話係みたいにされちゃってるでしょ。そりゃ体育のときに萌々果を守ったのはビックリしたし感謝もしたけど、それでもやっぱり中学のときのこととかあるから……。なんか脅されて言うこと聞かされているんじゃないかとか、陰で意地悪されてるんじゃないかってちょっと心配してたの」

「咲葵……」

本気で私のことを心配してくれている咲葵に、本当のことを話すことができない自分の意気地なさが嫌になる。

もしも今、本当は隼都君と仲良しになったのだと、噂とは違って話しやすくていい人だよ、と言ったらどうなるだろう。楓は、咲葵は――私のことを、どう思うだろう。

『そっか、知らなかった！』と笑顔を見せてくれるだろうか。それとも――。

「……そんなことないよ、大丈夫。でも心配かけちゃってごめんね。ありがと」

隼都君に対しての印象を払拭するよりも、私は自分自身を守ることを選んだ。そんな自分自身が大嫌いだ。

少しずつ、本心で話せる相手を増やしていけたらいいと、隼都君は言ってくれていたのに。ふたりにも、ようやく少しは本当の気持ちを話せるようになったと思っていたのに、結局仮面を外す前に逆戻り。

こんな私が、誰かを好きになる資格なんて――。

「……ごめんなさい」

「え？」

私はギュッと拳を握りしめて、ふたりに頭を下げた。

「今、私嘘をついた」

「萌々果……？」

「ホントは、一時間目ずっと隼都君と一緒にいたの。話を聞いてもらって、それで……」

「なんで、そんな嘘……」

ショックを受けたような声に、私は足元を見つめることしかできない。今、ふたりがどんな顔をしているのか見るのが怖くて、なにもかから目を背けた。

でも。

「なんて、私のせいだね」

聞こえてきたのは、申し訳なさそうな咲葵の声だった。

「私が蔵本のことを悪く言ったから本当のこと、言えなかったんだよね」

「そ、れは」

「ああやって言われたら、私だって言うの躊躇《ちゅうちょ》しちゃうもん。ごめん、余計なこと言っちゃった」

「余計なんかじゃないよ！」

　余計なわけがない。だって、あれは。

「私のことを思って言ってくれた言葉が、余計なことなんてそんなこと絶対にあるはずない」

「萌々果……」

「違うの。私が、自分のことを守るために嘘をついたの。誰も悪くないのに、ただ私が」

「……ねえ、萌々果は蔵本のことが好きなの？」

　楓の言葉に、私は肯定も否定もできなかった。

「わからない」

「え？」

「だって私は、好きとか嫌いとか言えるほど、隼都君のことを知ってるわけじゃないから」

私の答えに、楓は優しく微笑んだ。

「じゃあ、質問を変えるね。萌々果は蔵本とどうなりたい？」

「どうって……」

隼都君とどうなりたいのだろう。私は――。

「もっと、隼都君のことを知りたい」

「……それって、だから」

「そっか」

なにか言いかけた咲葵の言葉を遮ると、楓は静かに頷いた。

「萌々果らしくていいんじゃないかな。ね？」

同意を求めるように声をかけられた咲葵は、少しだけ黙ったあと、肩をすくめてみせた。

「たしかに、萌々果らしいね」

「私らしい、か」

ふたりの言葉にどこか肩の力が抜けるのを感じた。自分の気持ちにさえきちんと名前をつけられないなんて、と思っていたけれど、ふたりが『萌々果らしい』と言ってくれるのなら、きっとこれが私なんだと思う。臆病で自信がなくて一歩踏み出すにも勇気が必要で、でもそれでも前を向きたいって思えるようになった、これが今の私だ。

「……蔵本のこと、そんなに知りたいなら聞いてあげようか？」

咲葵の言葉に、同意するように楓も頷く。

「そうそう、誰かに聞くぐらいだったら私たちにもできるよ」

「ふたりとも……」

「べ、別にさっきのお詫《わ》びとかじゃないけど、でもなにかあったらって思って」

咲葵の気持ちはすごく嬉しかった。でも。

「ありがと。でも、大丈夫」

「……そうなの？」

拗ねたように口を尖らせて言う咲葵に、私は小さく笑って頷いた。

「ほら、自分の話をさ、勝手に他人にされるのは、好ましくないと思うから。自分の目で見たものを、聞いたことを私は信じたい。私にとっての隼都君を」

言い切った私に、少し驚いたような表情を浮かべたあと咲葵は「そっか」と頷いた。

「萌々果、変わったね。……蔵本のせい、かな」

「そう、かな。……うん、そうかも。きっと隼都君のおかげ」

意味は同じ。でも、似ているようで違う言葉を使った私に、咲葵は「おかげ、か」と小さく呟いていた。

「それじゃあ、自分で聞いてこなきゃだね」

「うん……。でも、どうやって聞いたらいいか」

「手っ取り早いのは直接聞くことだけど、学校だと他の人もいるし……」

楓が悩む隣で、咲葵は首を傾げた。

「そんなの簡単だよ」

「え？」

「萌々果にできることはひとつだけだよ。蔵本のこと、気になるんでしょ？　知りたいんでしょ？　じゃあ、一緒にいる時間を増やして話してくれるのを待つしかないじゃん」

「一緒にいる時間っていったって、今も学校でも放課後も一緒にいるよ？」

朝の登校時と昼休み以外はほとんどの時間を一緒に過ごしている。これ以上、どうやって増やせばいいのか、私にはわからなかった。

けれど、咲葵には思い当たることがあるようで、ニーッと口角を上げた。

「休みの日は？」

「休み？」

「そう。平日は一緒にいても、休日まで一緒ってなかなかなかったんじゃない？　授業があるわけでも、他の人がいるわけでもない、丸一日ふたりの時間を過ごすって、どう？」

どう、と言われれば、そりゃあ魅力的ではあるけれど。

「ふたりで出かければいいんだよ。そうすれば話をする時間も増えるし、その分距離も近づくでしょ」

「……それは、そうかもしれないけど」

でも、一緒に出かけようって私から誘うなんてできるだろうか。

「嫌がられないかな」

「わかんない」

「わ、わかんないって」

そこは嘘でも『大丈夫だって』と言うところなのではないのだろうか。そう思う私に、咲葵は優しく微笑みかける。

「蔵本の気持ちなんて私にはわかんないよ。それは私よりも蔵本と仲がいい萌々果にとっても同じでしょ？　でも、蔵本がどう思うか、じゃなくて、私が聞きたいのは萌々果がどうしたいかってことよ」

「私が、どうしたいか」

「休みの日に、蔵本と一緒に出かけたくない？　蔵本とふたりで、遊びに行きたくない？」

視線を教室の中に向けると、前を向いている隼都君の背中が見える。今、なにを考えているんだろう。わからないからこそ、知りたい。

「……うん、私誘ってみる」

私の言葉に、ふっと楓と咲葵は微笑んだ。

「やっぱり萌々果変わった」

「うん、今の方が私は好きかな」

「前の萌々果も好きだったけどね」

口々に言うふたりに、私は恥ずかしくなってつい「へへ」と笑みを浮かべてしまう。それは以前のような愛想笑いじゃなくて、照れくさくてでも嬉しくて、ついこぼれてしまった笑顔だった。


教室に戻った私を、隼都君の視線が追いかける。教室に入った瞬間から、それこそ私が席に着くまで、ずっと心配そうな視線を向けていた。

おかげで咲葵と楓からはニヤニヤと笑われて、恥ずかしさで頬が熱くなるのを感じた。

「萌々果」

席に着いた私の背中に隼都君が声をかける。私はまだ恥ずかしくて、背を向けたまま返事をした。

「な、なに？」

「顔が赤かったけど、どうかした？」

「どうもしてない！　赤くない！」

必死に隼都君の言葉を否定する。わずかに芽生え始めた感情に、戸惑いを隠せなかった。そんなわけない、そういうわけじゃない。と、否定する気持ちと、もしかしてと自分の感情にソワソワしてしまう気持ちが入り交じる。

違う、これはまだそういうのではなくて、ただ隼都君のことを知りたい。それだけだ。

「ね、ねえ」

勇気を出して、振り返る。

いい子の私じゃなくて、本当の私の方がいいと言ってくれたから、だからこんなふうに思うのかもしれない。でも、そうだとしても。

「ん？」

「今度の日曜って、暇？」

「暇、だけど」

「じゃあ、一緒にどこか行かない？」

もう少しだけ、隼都君と一緒に過ごしたいって思った気持ちは、嘘じゃないから。

「今度の日曜日か」

「あ、日曜がダメなら土曜でも。来週でもいいの。ただ、なんかこうやって話してるのが楽しかったから、えっと、その」

　しどろもどろになりつつも、必死に言葉を紡ぐ。少し考えるような素振りを見せたあと、隼都君は「いいよ」と笑みを浮かべた。

「ホント？」

「うん。どこに行く？　どこか行きたいところある？」

話しているうちに六時間目のチャイムが鳴った。いつ先生が来ても不思議じゃない。

「えっと」

行きたいところ、隼都君と行きたいところ……。

「あ、海！」

「海？」

「うん、海に行きたい」

一時間目に話したときに、隼都君が海が好きだと言っていたのを思い出した。

　私の提案に「わかった」と隼都君が返事をするのと、教室のドアが開くのが同時だった。

何度も『やっぱりやめよう』と言おうと思った。隼都君と遊びに行きたいのに行きたくない。会いたいのに、緊張しすぎて会いたくないとすら思ってしまう。

そんな相反する気持ちが入り交じり、そのたびに言葉を呑み込んで、結局約束の日曜日になってしまった。

買ってもらったまま着る機会もなく、クローゼットの奥にしまっていた焦げ茶色のワンピースを取り出すと、鏡の前で身体に当ててみる。

気合いが入りすぎていると思われないだろうか。別にデートじゃないのだから、スカートよりパンツの方がいいだろうか。

とっかえひっかえしている間に、出発時間は迫り、ベッドの上には決めきれなかった服が山積みになっていた。

コンコン、とドアをノックする音が聞こえ、そっと開いたドアの隙間から母親が顔を出した。

「萌々果？　さっきからバタバタとなにを。って、なにこれ。すごいことになってるわよ」

ベッドの上を呆れたように見ると、母親は冷たい視線を向けた。

「どこに行く気か知らないけど、そんな暇があるなら勉強でもしたらどうなの」

睨みつけながら言う母親に、私は慌てて口を開いた。

「あ、あの図書館に行くの。少し調べたいことがあって。その、授業で習ったところを掘り下げたくて」

「ふーん？」

山積みの服と、私を見比べたあと、母親はこれっぽっちも信じていないような表情を浮かべながらも部屋から出ていった。

ふう、と吐いたのはため息か、それとも母親が部屋から出ていったことに対する安堵なのか。いや、きっとそのどちらもだろう。

決して悪い人ではない。ううん、中学に上がるまでは厳しいところもあるけれど、優しくて大好きで大切なお母さんだった。

けれど、今はどうしても母親がそばに来るとぴりっと緊張してしまう。たとえるなら、テスト中に先生が横を通ると、なにもやましいことはないのに妙に緊張してしまう、それによく似ている気がした。

失敗できない、間違えられない、だらしないところなんて見せるわけにいかない。もしそんなところを見られたら、また失望させてしまう。『もうこんな子いらない』って思われたら、この家にはいられなくなるかもしれないから。

「あ、もう出なくちゃ」

私は手に取った焦げ茶色のワンピースと、それからハンガーにかけてあったカーディガンを着て家を出た。部屋を出る前に見た鏡に映る私は、心なしか頬が緩んで見えた。

待ち合わせの五分前、駅に着いた私は改札前にいる隼都君に気づいた。

隼都君は黒いTシャツの上にネイビーのシャツ、それからジーンズ姿で、柱にもたれかかるようにして立っていた。シンプルな色合いだけれど、隼都君によく似合っていた。

「お待たせ」

「俺も今さっき来たんだ」

「よかった」

それほど待たせてなかったことにホッとする。それから私たちは、一番近くの海に行くための切符を買って、改札の中へと入った。

電車は五分後。目的地の駅までは一時間半ぐらいかかるらしかった。

「海なんて久しぶり」

「最後に行ったのいつ？」

「いつだろ。覚えてないや。隼都君は？」

「俺は……中三のときかな」

それ以上は聞くことはできなかった。隼都君の表情が、妙に苦しそうに見えたから。

――そのあと、私たちは海の生き物しりとりをしたり、水族館で好きな生き物の話をしたりしながら、電車に揺られ続けた。


「……か……もか」

誰かが私の名前を呼ぶ声が聞こえる。

「ほら、萌々果。海だよ」

あれは、お父さん……？　ああ、そっか。今日は、お父さんとお母さんと妹の桜良の四人で海に――。

「萌々果？」

「あ、れ……？　私……」

「寝ちゃってたみたい。何回か声、かけたんだけど」

「ご、ごめんなさい！」

さっき聞こえた私を呼ぶ声は、夢じゃなくて隼都君の声だったんだ。出かけようって自分から誘ったくせに寝てしまうなんて。

自己嫌悪に陥る私に、隼都君は優しく笑いかけると、窓の外を指さした。

「でも、ほら、外見て。海だよ」

「え？　……わぁ！」

窓の外にはどこまでも続く、真っ青な海が広がっていた。思わず窓に張りつくようにして外を見る。そして、先ほど見た夢を思い出す。

「……私ね、最後に海に行ったのいつか思い出した」

「いつ？」

「小学生のとき。家族で海に行ったの。渋滞に巻き込まれちゃって、妹の桜良と一緒に後部座席で寝ちゃって……お父さんが起こしてくれたの。『海に着いたよ』って。さっきの隼都君みたいに」

「そっか」

「あの頃は、幸せだったなぁ」

幸せの渦中にいるときは、それがどんなに貴重で、どれほど大切なものなのかわからない。あの日々が、こんなにも簡単に崩れ去ってしまうのなら、もっともっと大事に過ごしたのに。

鼻の奥がツンとなるのをごまかすように、もう一度窓の外へと視線を向けた。

電車は徐々にスピードを緩め、もうじき駅に着くことを知らせるアナウンスが響いた。

「行こうか」

隼都君に促され、私は電車からホームへ降り立つ。息を吸い込むと、肺いっぱいに磯の香りが充満した。

駅から海までは歩いてすぐだということで、私たちは海に続く道を歩き始めた。

シーズンオフだからか、海辺の町は閑散としている。時折、子どものはしゃぐ声が聞こえるのと、鳥の鳴き声が響くだけだった。

駅から十分ほど歩くと、目の前が急に真っ青になった。

「海だ」

「海だね」

見ればわかることを、お互い言い合ってしまうぐらいに一面真っ青に染まった海は、目を奪われるほど綺麗《きれい》だった。

防波堤の階段を下りた私たちは、一番下の段に座る。ただふたり並んで海を見ている。それだけなのに、妙に楽しく思えるのは一緒にいるのが隼都君だから、なのかもしれない。

隼都君だから、こんなふうに心がほぐれていくのかもしれない。

「さっき、夢を見たって話をしたでしょ」

「うん」

「あれが多分、私にとって最後の家族で過ごした幸せな記憶なんだと思う。あのあとはずっと……もう……」

隼都君はなにも言わない。ただ黙ったままそばにいてくれる。それがこんなにも心地よくて、泣きたいぐらいに嬉しい。

小さく息を吸い込んで、私は――心の奥に閉じ込めて押し込んで、消してしまおうとしていた感情を、吐き出した。

「もう一度、愛してほしい。勉強ができなくても、わがまま言っても、ダメなところがあっても、全部全部含めてただの私を愛してほしい！」

一気に叫んで肩で息をする私の手を、隼都君は優しく握りしめた。そのぬくもりは優しくて。まるですべてを包み込んでくれるかのようだった。

私の痛みを、苦しみを隼都君が包み込んでくれるなら、私も隼都君の苦しみを包みたい。悲しみも悔しさも、全部私が受け止めたい。隼都君が抱えるなにかを、分かち合いたい。

「……隼都君は？」

「俺、は……」

震える声で尋ねる私に、隼都君は言葉を詰まらせる。

「隼都君のことが、知りたいの」

「萌々果……」

握りしめられた手を、今度は私が握りしめる番だ。絡め取った指先に力を込める。

すると隼都君は黙ったまま頷いた。

「そう、だよね」

私の手を握り返すと、隼都君は天を仰ぐように空を見上げた。

「萌々果にこれだけ話させて、俺だけなにも言わないのは卑怯、だよね」

「そんなことは……」

「ううん、俺がそう思うんだ。ちょっと長くなるけど、聞いてくれる？」

頷いた私に、隼都君は「ありがとう」と優しく微笑んだ。

「どこから話したらいいかな。……俺には二歳年上の兄貴がいるんだけど、小さい頃から兄貴のことが大好きで、兄貴が青が好きって言ったら俺も青。電車が好きって言ったら俺でも電車が好きって感じで、なにをするにも決めるにも兄貴と一緒がよかった。そんな兄貴が小三のとき、サッカーを始めて、俺もすぐにくっついてクラブに入ったんだ」

幼い頃の話をする隼都君の表情は明るくて、お兄さんのことが大好きなんだということが伝わってきた。

「兄貴ほどはうまくないけど、俺もクラブ内じゃそこそこにはできる方で、一緒に試合に出たこともあった。中学も必然的にサッカー部に入ってさ。兄貴はキャプテンだったんだけど、俺のことは絶対贔屓なんかしてくれなくて、だからこそ背番号をもらったときはめちゃくちゃ嬉しかった。実力で兄貴に認めてもらったんだって」

「そうだったんだ」

「でも……」

言葉に詰まる隼都君に、私はもういいと伝えたくて首を振った。

「無理に話さなくても大丈夫だよ。ね？」

「……ううん、萌々果には知っていてほしいんだ。なにが、あったかを」

「聞いても、いいの？」

大好きなサッカーが、大好きだった、に変わってしまうほどのなにかが、隼都君にあった。そんな隼都君にとって大きな出来事を、私が聞いてしまっていいのだろうか。

不安に思いながら尋ねた私の言葉に、隼都君は下唇を噛みしめると、固く目を閉じ頷いた。

「……中三の冬だった。最初は違和感だった。なんか膝が変な感じがするって。でも、練習で疲れてもいたし、背も伸びていたから、成長痛ってやつかなって勝手に思ってた。でもだんだん違和感が痛みになって、周りにさっさと病院に行けって言われてさ。せっかく兄貴と同じ強豪校から推薦をもらったのに、悪化したらどうするんだ、って。で、仕方なく病院に行ったんだ。なんでもなかったよって言うために。でも……」

繋《つな》いだ手に力が込められる。泣きそうだったはずの隼都君の顔は、苦しそうに歪められていた。

「つらいなら、もう……」

思わず止めようとした私に、隼都君は小さく首を振った。

「最後まで、聞いてほしい」

「……わかった」

「ごめんね、ありがとう」

悲しそうに微笑むと、隼都君は話を続けた。

「レントゲンを撮ったら、病院の先生が難しい顔をして言うんだ。もっと詳しく検査をしなければわからないけれど、〝骨肉腫《こつにくしゅ》〟の疑いがある、って」

「骨肉腫って……」

それはテレビドラマや小説の中でしか触れたことのない病気だった。

「萌々果は知ってるんだね。俺はそのとき初めて聞いてさ、なにその病気ってなったよ。……今は昔のように足を切断することはほとんどなくなっていて、致死率も高くない。ただ治療が必要な上、今までのようにはサッカーを続けることは無理だって、そう言われて……」

サッカーが大好きだった隼都君にとって、その言葉がどれほど残酷なものだったか、想像するだけで胸が苦しくなる。

　今こうやって生きているから、私は隼都君と出会えた。でも、その代わり隼都君が失ったものを思うと……。

「でもさ、サッカーができなくなって、それでも生きている意味なんて俺にはわからなかった。それぐらい、サッカーは俺にとってすべてだったんだ」

「え……？」

　言葉の意味が、一瞬理解できなかった。

「それって……」

「手術をしてもしなくても、どうせサッカーはできなくなる。それなら、治療なんてしない方がマシだって、本気でそう思った。だから、俺はやめたんだ。治療することも、サッカーを続けることも」

「そんな……」

　致死性が高くない、と言っていたけれど、それはきっと治療をした場合のことで、治療をせずに放っておいたらどうなるかなんて、想像に難くない。

　隼都君は足に上ってきた小さな蟻《あり》を払うと、なにかを思い出すように目を閉じた。

　しばらくそのまま黙っていたけれど、再びぽつりぽつりと話し始めた。

「部活もやめて、しばらくして荷物を取りに部室に行ったんだ。チームメイトに会いたくなかったから、授業中の人がいない時間を見計らって。けどそこには先客がいた」

「先客？　え、でも授業中なんじゃ……」

「そ。……そいつはさ、小学生の頃からずっと一緒のチームでプレイしてた親友で、ライバルだった。なのに、そんなあいつがさ、授業中に部室で隠れてタバコを吸ってたんだ……。意味、わかんないよな。俺と同じ、サッカーの強豪校から推薦もらってるのに、タバコって……」

推薦をもらっていてそんなところが見つかれば、一発アウトだと私にもわかる。隼都君はその時のことを思い出したのか、繋いでいるのと反対の手で、生えている草をギュッと握りしめた。

「俺が『タバコなんてやめろよ！』って声をかけたら、そいつ慌てたみたいで『見逃してくれ！』って俺に縋りついてきたんだ。とりあえずタバコを取り上げて捨てようとしたら、騒ぎに気づいた教師がドアを開けて——俺の手にあるタバコを見つけた」

「そんな……！　え、もちろん隼都君のじゃないって言ったんだよね!?」

骨肉腫でサッカーを諦めることになって、さらにタバコの濡れ衣を着せられるなんてひどすぎる。そう思った私に、隼都君は静かに首を振った。

「俺のだって言ったよ」

「どうして!?」

「俺にはもうなにもなかったから。サッカーをやめた時点で、推薦の話もなくなった。どうせ死ぬんだから、それなら失うものがない俺の方がダメージが少ないでしょ。それに、そいつが今までどれだけ頑張ってたのか、一緒に戦っていた俺は知ってたから」

「ダメージって……」

「俺には未来はないけど、そいつには未来がある。俺がなくしたものを、そいつは持ってる。まあ、俺の分まで、なんて押しつけがましいことを言うつもりはないけど」

そんな悲しいことがあっていいのだろうか。だって、隼都君はなにもしていないのに、周りからはきっと病気でサッカーをやめることになって、やさぐれてタバコに手を出した、としか思われないだろう。実際はそんなことなくて、自分のことより他人の、友人の未来を思える、こんなにも優しい人なのに。

「教師たちも『タバコを見つかって咎められ、友人と揉《も》み合いになった』って俺の説明を信じて停学処分になった」

ああ、これが隼都君の噂の真相なんだ。

タバコを吸って、暴力事件を起こして、停学になった。

起きた事象だけを並べると、たしかにその通りなのかもしれない。けれど、その背景になにがあったかを聞けば、印象はまったく違うものへと変わっていった。

「あの頃の俺は大好きで、生きがいだったサッカーをやめて、生きる気力さえ失っていた。早く死んでしまいたい、そんなことすら思ってたんだ。推薦はなくなったけど、それでも高校に席だけでもと親に言われたから、受験して進学はしたものの、もうどうでもよくなってさ。なんのために生きてるんだろうって思ったら、部屋から出れなくなって家に引きこもってた。ダサいだろ？」

　乾いた笑い声が隼都君の口から漏れる。でもなにひとつ楽しそうじゃない笑い声は、まるで泣いているようにさえ聞こえた。

　必死に首を振り続けることしか、私にはできなかった。

「生きていてもまるで死んでいるみたいだ、なんて思ったらさ、いっそ死んでしまった方がいいんじゃないかって思い始めた。死んでしまえば誰の迷惑にもならない。死んでしまえば、悲しかったことも苦しかったことも全部忘れられる。あのときの俺を救う唯一の手段だって、本気でそう思ってたんだ」

「そんな……！　私は嫌！　隼都君がこの世からいなくなってしまうなんて、絶対に嫌！」

　思わず大きな声をあげた私に、隼都君は少し驚いたような表情を浮かべたあと、

「ありがとう」と小さく呟いた。

「大丈夫だよ、今はもうそんなふうに思ってない。まるで死にとりつかれたように、死に救いを求めていた俺を、助けてくれた人がいたんだ。『死んだらなにもできない、

生きてさえいれば今からなんでもできるんだ』そう言ってくれた人がいたんだ。『過去を変えることはできないけど、今この瞬間から先は、自分の意思でどうにだってできる』って。あの人がいたから、病気に向き合おうって思えたし治療も受けてみようって思えた」

「そう、なんだ」

私にはない考え方に、目から鱗《うろこ》だった。素敵な、理想的な考え方だと思う。それと同時に、羨ましくもあった。

その人のおかげで、今こうやって隼都君がいる。感謝するべきで、間違っても――その人じゃなくて、私が隼都君を救ってあげたかった――だなんて、おこがましいことを思うべきじゃない。

でも、どうしても感情の根っこの部分が、見たこともない誰かのことを羨んでしまう。

隼都君がその人のことを思い出しているときの表情があまりにも優しくて、愛おしそうだったから。

――ああ、そうか。私は、隼都君のことが好きなんだ。だから、隼都君にそんな顔をさせた人のことが、羨ましくて仕方がないんだ。

ようやく、自分の中に芽生えた気持ちの名前に気が付いた。

「萌々果？　どうかした？」

　突然黙り込んでしまった私を、隼都君はどうかしたのかと覗き込む。慌てて首を振ると、首を傾げながらも隼都君は話を続けた。

「あ、ううん。大丈夫」

「まあ、治療の甲斐《かい》なく俺はこうやって神様になってしまったわけなんだけど」

「……え？」

　言葉の意味が理解できず、聞き返してしまう。治療の甲斐なくって……。

「言ったでしょ、俺は神様だって。でもこうなったことに後悔はしていないよ」

　あっけらかんと隼都君は言うけれど、私は理解が追いつかず「待って、待って」と繰り返す。

「それって、つまり」

「一度、俺は隼都としての生を終えてるんだ。神様になったおかげで今もこうやって生き続けられているけどね」

「つまり、隼都君は一度死んだということ？　じゃあ、どうしてこうして普通に学校生活を送ってるの？　それに神様になったって――」

「萌々果は知りたがり屋だな」

　茶化すように隼都君は言う。色々と矢継ぎ早に聞きすぎた、だろうか。でも、どうしても気になってしまう。

目を閉じ、少し考えると、私はまっすぐに隼都君を見つめた。

「じゃあ、ひとつだけ教えて。……隼都君は、死んでるの……？」

私の問いかけに、隼都君は唇をキュッと噛みしめたあと、困ったように笑った。

「どうなんだろうね。神様としての俺は今もこうやって生きてる。でも」

繋いでいない方の手を、隼都君は太陽に透かした。

「こうやって、透けているのを見ると、普通の人間じゃないんだなっていうのは思い知らされるよね」

それは以前、教室でも覚えた違和感だった。今日ははっきりと隼都君の手を透かして空を見ることができている。

「そんな……」

「その代わり、今の身体はどこも苦しくない。元気だから安心して」

本当に安心してもいいのか。でも、優しく微笑む隼都君に、私はそれ以上なにも言えなくて。

「そ、っか」

透けた手から目を逸らし、頷くことしかできない。

黙り込んでしまった私たちの耳に届くのは、微かに聞こえる波のさざめきだけ。

消化するには重すぎる話に、私はまだどうしていいのかわからない。ただ隼都君の心に今もなお深く刻まれた人がいるという事実が、私の気持ちを重くさせた。

そして隼都君の死と、神様として生きる今――。今目の前にいる神様を名乗る隼都君はいったい何者なのか。

消化しきれない思いを抱えたまま、寄せては返す波をただ見つめ続けた。隣に座る隼都君の手を握りしめて。

幕間

今日も隼都は夢を見る。

夢の中ではいつも、以前の萌々果が笑っている。いや、泣いている日もあった。怒っている日もあった。でも、どの萌々果も隼都にとって大切で愛おしい存在だった。

だからこそ、今の萌々果に会ったとき、本当は少し不安だった。同じ萌々果とはいえ、今の萌々果には隼都と過ごしてきた時間が存在しない。ふたりで笑い合った日々も、くだらないことで喧嘩したことも、全部なかったことになっている。

夢の中で以前の萌々果に会うたびに、その不安は大きくなっていった。でも――。

「……くん。隼都君」

「え……萌々果……?」

「もう帰りのホームルーム終わったよ」

クスクスと笑う姿に、一瞬今日の前にいる萌々果がどちらなのかわからなくなる。これは、夢の続き、なのだろうか。

「あまりにも気持ちよさそうに寝てたから、起こすのも可哀想だなって思ってそっとしておいたんだけど、さすがにみんな帰っちゃったからさ」

萌々果の言葉に教室を見回すと、もう誰の姿もなかった。まるで初めて会った日の朝のようだ。

「こうやって教室でふたりになると、最初に会った日のこと、思い出すね」

はにかむ萌々果に、ああ今目の前にいるのは今の萌々果だと確信を持った。

「萌々果」

「なに？」

「萌々果」

「隼都君？　どうしたの？」

繰り返し名前を呼ぶ隼都に、萌々果は不思議そうに首を傾げる。そんな萌々果が可愛らしくて、隼都はふっと笑みを浮かべた。

「なんでもない」

「本当にどうしたの？　なんか変だよ？」

「んー、寝ぼけてるのかも。さっきまで夢、見てたから」

どんな夢？　と聞かれたら『萌々果の夢』と答えてみようか。そうしたら萌々果は、いったいどんな反応をするのだろう。

そんな隼都の思惑は外れ、萌々果は「夢かー」と呟くと、パッと顔を輝かせた。

「そういえば私もこの間、夢見たよ」

「どんな夢？」

「え、あ……」

自分で夢を見たと言っておきながら、尋ねられると恥ずかしそうにする萌々果に思わず笑ってしまう。

「教えてよ」

「う……笑わない？」

「笑わないよ」

「……たこ焼きを、食べる夢」

恥じらいながら言う萌々果があまりにも可愛くて「ふはっ」と噴き出してしまった。

「わ、笑わないって言ったのに！」

「ごめん、ごめん」

「隼都君の嘘つきっ」

膨れっ面をする姿すら可愛くて、笑いが止まらない。

──夢の中で出会う萌々果は、ずっと以前の萌々果だった。でも、気づけば夢の中でも萌々果は今の萌々果になっていた。正しくは、以前の萌々果と今の萌々果が重なって、隼都の中でひとつの存在になったのだ。

あの頃の萌々果も、今目の前にいる萌々果も、どちらも大切で、守りたくて、失いたくない存在になっていた。

「隼都君？」

急に黙り込んだ隼都に、萌々果は不安そうな表情を見せる。きっと、言いすぎただろうか、とか、隼都が怒ってしまったんじゃないかとか、心配しているのだろう。

だから隼都は、そんな萌々果の不安を払拭するように優しく微笑んだ。

「笑ったお詫びに、たこ焼き奢《おご》るよ」

「え？」

「今から食べに行こ、ふたりで」

「あっ」

返事を待てば『そんなつもりじゃなかった』とか『そこまでしてもらわなくても』なんて答えが返ってくることはわかっていた。だから、萌々果がなにかを言うより早く、その手を取って立ち上がる。

繋いだ手の先にいるのは、あの頃の萌々果であり、今の萌々果だ。

どちらの萌々果もきっと助けてみせる。

隼都の選択に――いつか、萌々果が怒る日が来たとしても。

第五章

夏に比べて、秋はどうしてあんなにも早足で去っていくのか。気づけば十一月も終わり、カレンダーは最後の一枚、十二月となっていた。木々はまだ秋の名残があるものの、街は赤と緑のクリスマスカラーで彩られていた。

海に行ったあの日から、隼都君と一緒にいる時間が増えた。学校でも、そしてタイミングが合えば放課後も、私たちはふたりで過ごした。

そのたびに、私の中の隼都君への想いが、どんどん大きくなっていることを自覚する。隼都君は誰よりも優しくて、誰よりも温かい。彼のそばでは、不思議と素直な自分でいられた。それがなによりも嬉しかった。

自分の魂を回収しに来た隼都君に惹《ひ》かれるなんて、どうかしてるってわかっていた。隼都君が私のそばにいてくれるのも魂を回収するためだって、優しくしてくれるのもその一環なんだってわかっていた。それでも、惹かれていく気持ちを、止めることはできなかった。

ふたりで海に行った日からもうすぐ一ヶ月が経とうとしている。隼都君と出会ってから二ヶ月、予告された死亡日まで、残り一ヶ月と少し。けれど、三つ目の課題である両親との関係は、解決どころかなにひとつとして進展すらしていなかった。

私は隣へと視線を向ける。窓際に座る隼都君は、授業中だというのに窓の外を見つめていた。

相変わらずクラスメイトと必要以上に話をしない隼都君は、セット販売のように私と前後左右どこかの席にされている。今月は、窓際とその隣の列の一番後ろにいた。学年末までこのままいくつもりなのかもしれない。

でも、今のままでは私は学年末までは生きていない。あと一ヶ月ほどで死んでしまう。両親に愛されることもなく、ようやく好きだと気づいた気持ちを伝えることもできないまま、短い人生に幕を引く。せっかく本音が話せるようになった友人たちとの時間も終わりになる。

そんなのは、嫌だ。

でも、どうしても一歩踏み出す勇気が出せない。両親と対峙して、これ以上拒絶されて傷付くことになったらと思うと、二の足を踏んでしまう。

「……はぁ」

気持ちが固まらないまま、今日何度目かのため息をついた。

「大丈夫？」

「え、あ」

気づけば昼休み、お弁当を食べながらもため息をついてしまっていたようで、向かいの席に座る楓が心配そうな表情を浮かべていた。

「あ、ううん」

慌てて卵焼きをお箸で挟んで口に入れる。けれど、ふたりの視線は私に向けられたままだった。

私はどう取り繕うかと考えて──やめた。もうふたりに『なんでもない』とは言いたくなかった。

「なにかあるなら話聞くよ?」

「そうそう、そりゃ無理に話す必要はないけど、でも話してスッキリすることもあると思うよ」

無理に聞き出そうとしないふたりの言葉に、私は小さく頷くとおずおずと口を開いた。

「あの、えっと……私、ね」

唾を飲み込んだ音が妙に大きく聞こえて、自分がどれだけ緊張しているかを思い知らされる。お箸を置いて、視線を膝の上に向ける。左手を右手で強く握りしめると、覚悟を決めて口を開いた。

「あのね、悩んでることがあって」

「……蔵本のこと?」

「それもあるんだけど……。でも、それよりも。本当に聞いてほしいのは、私自身のことなの」

手が震えそうになるのを、必死に抑える。どう話せばいいだろう。なにから伝えればいいのだろう。

そこまで考えて、私はまた自分がうまく話そうとしていることに気づいた。伝えたいと、聞いてほしいと思いながらも、心のどこかでどうすればふたりが私を嫌わないでいてくれるかを考えている浅ましい自分がいた。

上手に伝える必要なんて本当は必要なくて、ありのままの自分自身をふたりに見せるって決めたんだ。偽物の私じゃない、本物の私を。

「私……両親との仲が、うまくいってなくて……」

私はこれまでのことをふたりに話した。

テストでいい点を取れなくて叱責されたこと、友達トラブルで信じてもらえなかったこと。ただの私は必要とされてなくて、いい子で、勉強もできて、優等生でいないと両親にとって価値がないこと。

「だからね、ずっといい子の仮面を被り続けてきたんだ。自分の居場所がなくなるのが怖くて……」

ふたりが黙り込んでしまい、私はギュッと目を閉じた。

ついに言ってしまった。ふたりはどう思っただろう。怖くて、不安で顔を上げることができない。

そんな私の身体をなにかがふわりと包み込んだ。

「え……」

「つらかったね」

そのぬくもりは、楓のものだった。机越しに私の身体を、そっと抱きしめてくれていた。

「萌々果はいっぱい頑張ったよ。本当の本当に。えらかったと思う」

「楓……」

「気づいてあげられなくてごめん」

「咲葵も……。ううん、ありがとう」

ふたりの優しさに、思わず頬を涙が伝い落ちる。

なにかが変わるわけじゃない。でも、つらい気持ちをわかってくれたことが、どうしようもなく嬉しかった。

「……うちもさ」

私の涙が落ち着いた頃、咲葵がぽつりと言った。

「萌々果のところほどじゃないけど、親が勉強勉強うるさくて。家にいると息が詰まっちゃうことが多くて」

「咲葵も……?」

「うん。だから最近は隣町のおばあちゃんちに帰ってるの。それで晩ご飯も食べさせてもらって、家に帰ったらお風呂入って寝るだけ。高校卒業したらおばあちゃんちかひとり暮らししようと思ってるの」

　高校一年生の私たちにとって、卒業というのはまだ随分先の話のはずなのに、未来を語る咲葵の表情は明るく見えた。

「うちはさ、ふたりのところとは逆なんだ」

「逆？」

　どういう意味かわからず問いかけた私に楓は頷くと、カバンから取り出したチョコレートを私と咲葵にひとつずつ手渡した。自分も包み紙を開けると、ひとつ口の中に放り込んで話を続けた。

「私のところは親がほとんど家にいないの」

「ほとんどって？」

「平日は私が寝るまでに帰ってくることはないし、土日も仕事だなんだって外に出てるかな。一週間まるっと顔を見ないときもある。だから、たまーに家族全員が揃うと、なに話していいかわかんないんだよね」

　もうひとつチョコを頬張ると、楓は肩をすくめた。手のひらにのせたチョコに視線を向けたまま、咲葵は苦笑いを浮かべた。

「うるさくても微妙だけど、全然家にいないのも寂しいね」

「まあ気楽ではあるけど、でもやっぱり寂しいときもあるよ」

咲葵と楓の言葉に、私は頷くことしかできなかった。

両親が厳しかったり過干渉だったり、逆に放任主義だったり。私たち三人だけでも色々あるのだから、もしかしたらみんな多かれ少なかれ、家族との間に問題を抱えているのかもしれない。

ずっと私だけが苦しいのだと思っていた。つらいのだと思い込んでいた。でも、もしかしたら本当はそんなこと、ないのかもしれない。


楓と咲葵と話をしてから、ずっと考えて、ずっと悩んできた。

でも――。

期末テストだなんだとあっという間に十二月は半分以上過ぎ去り、気づけば明日は二学期の修了式だ。

私と隼都君は、木枯らしが吹きすさぶ中、学校からの帰り道を並んで歩いていた。

頭の中では、先日楓と咲葵と話したことが何度も繰り返されていた。

「ねえ、隼都君」

ようやく覚悟を決めると、私は隼都君に声をかけた。

「私ね、両親と話してみようと思う」

「萌々果……」

少し驚いたような表情を浮かべて、隼都君は立ち止まった。そんな隼都君をまっすぐに見つめると、私は口を開いた。

「信じてほしかったこと、私自身を見てほしかったこと、それから妹と同じように愛してほしいこと。ちゃんと私の想いを伝えようと思うんだ」

「三つ目の課題、だね。でも、急にどうして話してみようと思ったのか、聞いてもいいかな」

「私もね、ちゃんと未来を見たいなって思ったの」

「未来を？」

私の言葉を繰り返す隼都君に頷く。

あのとき、今ではなく未来の話をする咲葵はキラキラと輝いて見えた。私も、ちゃんと今に向き合って、未来を夢見たい。

そのためには、どういう結果になるかはわからないけれど、両親と話さなければいけない。課題と、それから今の自分自身のために。

「どんな未来が待っているかは不安だけど、でもちゃんと向き合いたいなって思ったの」

「そっか。……ひとりで大丈夫?」

隼都君の言葉に静かに頷く。

本当は不安だった。怖くて怖くて仕方がなかった。でも、もう逃げないって決めたから。

それに。もしも隼都君の言う通りであれば、私が生きていられるのはあと一ヶ月もない。死にたくはないけれど、もしも本当に死ぬのなら、後悔は残したくない。両親の本当の想いを知ってから死にたい。

愛されてなかったとしても、それでも今も大切な私のお父さんとお母さんだから。

不意に、私の左手を握りしめた隼都君の手に、力が入ったのがわかった。

「隣で、こうやって手を握ってあげられたらいいのに」

「ありがとう……」

そうやって言ってくれるだけで、そんなふうに想ってもらえるだけで嬉しかった。

「つらくなったら、こうやって手を繋いでてくれたこと、思い出すね」

隼都君の気持ちが嬉しくて、このぬくもりを覚えておこうと思った。そうしたらきっと、不安なときに思い出してひとりじゃないって思えるはずだから。

けれど隼都君は、考え込むように黙り込み、自分のカバンを開けた。しばらくなにかを探すような素振りをしたあと、ようやく顔を上げた。

「これ」

隼都君の手のひらにのっていたのは、小さなサッカーボールのキーホルダーだった。少し古びたそれを、隼都君は私に差し出した。

「持っててもいいの？　でも、大事なものなんじゃ……」

こんなに古くなるまでずっと持っていた大事なキーホルダーを、私が借りてしまっていいのかと戸惑ってしまう。悩む私に、隼都君は顔を歪めるようにして笑った。

「大切な、ものだった。これ、兄貴からもらったんだ」

「お兄さんから……」

「そ。初めて試合でシュートを決めた日に、兄貴から買ってもらったキーホルダーなんだ」

「なら、やっぱり借りれないよ」

「いいんだ」

首を横に振ると、隼都君はキーホルダーを私の手に握らせるようにして渡した。

「大事なもので、でも見るのも苦しくて……。捨てたいのに、どうしても捨てられなかった」

「隼都君……」

「大切なものだから借りられないって萌々果は言ったけど、大切なものだからこそ、萌々果に持っていてほしい。そばにいられない俺の代わりに、俺だと思って握りしめてて。あ、でも貸すだけだから。ちゃんと話し合いを終えたら返せよな」

「……わかった。じゃあ、ちょっとの間だけ借りるね」

手のひらにのせたサッカーボールのキーホルダーを、私はギュッと握りしめた。そんな私に、隼都君は優しい視線を向ける。

「それから、萌々果が無事話せたら、ふたりでどこか行かない？　課題をすべて終えたお祝いに」

「お祝い？」

「うん。そうだな、たとえば冬休み明けの創立記念日の日とか」

それは隼都君から最初に提示された一〇〇日目だった。課題がクリアできていなければ、私が死ぬ日。

「考えといて」

隼都君の言葉に私は頷く。この課題がクリアできれば、そのとき私たちの関係は、どうなるんだろう。〝神様〟と〝魂を取られる人間〟という関係ではなくなる私たちは――。

それ以上、隼都君になにか言うこともできず、私たちはいつもよりゆっくりと帰り道を歩き、いつもの分かれ道でさよならをした。鼓動の音が、痛いぐらいにうるさい。足が震える。帰るのが怖い。でも、だって、ううん、もう……。

「萌々果！」

「え……？」

その場から動けずにいた私は、隼都君の声に振り返る。すると、少し離れたところから隼都君がこちらを見つめていた。

「どうし――」

「つらくなったら、俺がいるから。いつだって駆けつけるし、話だって聞くから。だから、頑張れ！」

黙ったままの私を心配してくれたらしい。頷いた私にもう一度手を振ると、隼都君は背中を向けて歩き出した。

私はポケットに入れていた、隼都君のキーホルダーを握りしめる。冷たいはずのキーホルダーからは、どうしてか隼都君の手のぬくもりが伝わってくるようだった。いつもは遠く感じられる道のりが、今日はやけに近く思えた。気づくと、目の前には自宅があった。心臓の音がうるさい。玄関ドアを握りしめる手が震える。

「大丈夫、きっと大丈夫」

隼都君のキーホルダーを握りしめた手に力を入れると、私は玄関ドアを開けた。

「た、だいま」

普通に、落ち着いて。そう思っているのに、どうしても声が震えてしまう。

私は靴を脱ぐと、リビングに繋がるドアに視線を向ける。いつもなら、そのまま二階の自室へと向かうのだけれど。

「……うん」

小さく息を吸い込むと、私はドアノブに手をかけた。

「ただいま」

「おかえりなさい。今日は遅かったのね。なにやってたの」

咎めるような母親の言葉に、私は曖昧に頷いた。

「うん、まあね」

母親はキッチンに、父親はリビングのソファでパソコンに向かっていた。どうやら今日は在宅勤務だったらしい。意図的に会話をほとんどしていない私は知らなかったけれど。

「あれ？　桜良は？」

「塾だからあと一時間ぐらいかな？　晩ご飯、桜良が帰ってきてからで大丈夫？」

「大丈夫」

桜良が塾でこの時間にいないのを知らなかった。塾に入ったということは、中学受験をするのだろうか？

「私って、本当になにも知らないんだなぁ」

「なにか言った？」

思わず呟いた私の言葉が聞き取れなかったのか、母親が首を傾げる。そんな母親を見ながら思う。

私がなにも知らないだけなのか、私がなにも知ろうとしなかっただけなのか。どちらなのだろう、と。

「……あのね、話があるの」

「なにか、あったの？」

普段通りに言ったつもりだったけれど、私の言葉に母親が声のトーンを落とした。

こういうところは昔から変わっていない。友達と喧嘩《けんか》して帰ってきたとき、男子に消しゴムをぶつけられたとき、テストで悪い点を取ったとき、沈んで帰ってきた私がなにか言うよりも先に『なにかあったの？』と優しく尋ねてくれる母親のことが大好きだった。

ソファに座る父親も、なにかあったのかとこちらにやってくる。ふたりが食卓に並んで座ると、私はその正面の席に座った。

どう、切り出そうか。躊躇うように俯く私に、母親の声が聞こえてくる。

「学校で、またなにかあったの？」

「……うん」

「お友達と揉めたとか？」

「違う」

また、という言葉がどこにかかっているのか、わからないわけがない。

たくさんの覚悟を決めて、今ここにいるはずだった。

泣かないよう必死に握りしめた手の中に、固い感触があった。手を開かなくてもわかる。ギュッと握り直すと、まるで、隼都君と手を繋いでいるかのような安心感があった。

覚悟を決めると、私は顔を上げた。

「中学三年生のとき、学校でトラブルがあったの、覚えてる？」

「……ええ、覚えているわ」

黙ったままの父親も、眉をひそめたところを見ると、忘れてはいないらしかった。

「あのとき、どうして私の言葉を信じてくれなかったの？」

「……それは」

「勉強のことは厳しいけど、でもそれも私を思ってだと信じてた。どれだけキツいことを言ったとしても、根底では私を愛してくれているんだって、そう思ってた。でも――」

涙がこみ上げてきて、言葉を切ると唾を飲み込み、何度か浅い呼吸を繰り返す。涙がこぼれないように天井を見上げると、深呼吸をひとつしてからもう一度両親に向き直った。

「あの日、ふたりは私のことを信じてくれなかった。どうして……？」

「違うの、あれは」

「愛してくれていると思っていたのは、私の勘違いだったの……？」

愛してくれてさえいれば、どれだけ厳しくされても受け入れられた。でも、そこに愛情がないのなら、私に向けられていた感情はいったいなんだったのか。

抑えきれなくなった涙が頬を伝い、テーブルに小さな水滴となって落ちていく。隼都君のキーホルダーを固く握りしめながら、震える声でふたりに問いかけた。

「お父さんとお母さんの望む優等生でいないと、私には価値がない……？　いらない子……？」

「そんなことない！」

私が言い切るよりも早く、母親は叫ぶようにして否定した。でもその言葉を無条件に信じられるだけの信頼は、両親に対して、もうなかった。

黙ったままの私に、母親は一瞬目を閉じ、それから話し始めた。

「あの日、担任の先生から連絡をもらったとき、受験前のあの時期に揉め事が起きるのはよくないと言われたの。相手のご両親はひどく怒っていて、謝罪しないのなら警察に言うことも考えるって言っていて。そんなことになればあなたが今まで頑張ってきたことが無駄になってしまう。そう思ったから……」

「そんなの……知らない……」

たとえそうだったのだとしても、ならどうして私にそれを話してくれなかったのか。事情があって私のために謝るのだと言ってくれていたら——ううん、そう聞かされたとしてもあのときの私はそれを受け入れられなかったと思う。私のためなんて言って結局は信じてくれていないんでしょと思っただろう。

「成績も落ちて、さらに警察にまで連絡がいったら、あなたの内申はボロボロになってしまう。そうなったら志望校にも行けないかもしれない」

「それよりも、私は——」

「それでも」

母親は私の言葉に重ねるようにして話を続けた。

「それでもあのとき、ああやって謝罪して終わらせるんじゃなくて、きちんと話をして、萌々果の無実を証明するべきだったと思う。勉強のこともそう。頭ごなしに叱るんじゃなくて、なにをどう困っているのか話し合うべきだった。本当に、ごめんなさい」

「やめてよ……」

頭を下げられてしまえば、私はなにも言えなくなってしまう。伝えたかったことはたくさんあって、ぶつけたかった思いも山ほどあって。なのに。

「あれが愛情だったって言われても、私にはわからない。無条件に信じてほしかった。お父さんとお母さんにだけは、私がそんなことするわけないって信じてほしかった」

「……悪かった」

「え……？」

その声が、いったい誰のものなのか、一瞬理解できなかった。

「つらい思いを、たくさんさせてすまなかった」

父親の声に、思わず顔を上げた。そこにいたのは、いつも私を、そして母親を叱り飛ばしていた姿からは想像もつかないほど、痩せこけて覇気《はき》がなくなった父親だった。いつの間に、こんな姿になっていたのだろう。怖かった父親は、どこにいってしまったのだろう。

「お父さんは……お前にどうしても、進学校に入学してほしかった」

「進学校にって……」

「お父さんと同じように、いい高校に行って一流大学に進学して、安定した企業に入ってほしかった」

「なに、それ」

思わず声が震える。けれど父親はそんな私には気づくことなく話し続ける。

「そのためには中学校ぐらいで躓《つまず》いているようじゃダメだ。だから厳しくした。それがお前のためだと思っていたから。そうすることがいつかお前の幸せに繋がると思っていた」

自分と同じ道を歩いてほしかったから、だから私につらく当たったというのだろうか。いつかそれに気づいた私が感謝するとでも思っていたのだろうか。

「そんなの……！」

「待って」

感情のまま怒鳴りそうになった私を止めたのは、母親だった。

「お父さんね、前に働いていた会社を辞めて転職したの」

「転職……？」

「おい……！」

口を開いた母親を、父親が咎めるように言う。けれど、母親は静かに首を振ると、私に視線を向けた。

「あの頃、勤めていた会社の業績がガクンと落ちて、たくさんの人がリストラにあったわ。会社が生き延びるためには、そうするしかなかったの」

　母親の隣に座る父親の表情は暗かった。

「幸いお父さんはその対象にならなかったけれど、代わりに部下の人や仲のよかった人のクビを、切らなきゃいけなかった。仕事だと割り切るには、お父さんは優しくて弱かったの」

　そんな話、聞いたことがなかった。やっぱり、私なんてどれだけいい子でいても家族とは思われて——。

「萌々果と桜良には、心配かけたくないから黙っていてくれって言われてたの」

「心配……？」

「ええ。……お金のこととか、ね。でもあの頃のお父さんはひどくイライラしていて……。でも、だからといってあなたにひどいことを言っていいことにはならないわ。ね、お父さん」

「……ああ。今までずっと、悪かった。お前がよく頑張っていることは、ちゃんと伝わっている。勉強も大事だが、それ以上にお前が——萌々果が自分の意志で望む道に進むのが一番いいと、今は思っているよ」

「そんな、の……」

　いろんな感情が混じり合って、拭っても拭っても、次から次に涙が溢れてくる。

「すぐに許してくれなんて言わない。だが、想っていることだけは知っていてほしい」

お父さんの言葉に、私は頷くことはできなかった。

私のためだったと言われても、今すぐにあのときの言葉を許すことも、今の言葉を受け入れることもできない。いくら弱々しい姿を見たからって、仕方ないと思うこともできない。

でも、ほんの少しだけ。あの日の言葉の裏側を、理解できたようなそんな気がした。

幕間

窓の向こうに三日月が光り輝くのを見つめながら、なんとなくスマホに視線を向ける。なんの通知も来ていない画面に隼都は息を吐いた。

そろそろ話し合いは終わっただろうか。無事、話すことはできたのか。きちんと気持ちを伝えられたのか。気になって仕方がなかった。

終わったら連絡する、なんて言われているわけではないけれど。

「大丈夫かな」

思わず言葉が出たのと、マナーモードにしたスマホが小刻みに震えだすのが同時だった。

メッセージかと思いきや、着信を知らせる画面に動揺を隠せないまま隼都は通話ボタンを押した。

「も、もしもし」

『あ、あの。萌々果、です』

「う、うん」

『今、大丈夫ですか……？』

なんで敬語なの、とか、かけてから聞くのおかしいでしょとか突っ込めたら、この妙に緊張した空気を和らげることもできたのかもしれないけれど、必死に普通を装うだけで精一杯だった。

「大丈夫、だよ。えっと、ご両親との話、終わったの？」

『……うん、終わったよ』

終わったというわりには声のトーンが暗い。うまく、いかなかったのだろうか。

一度目の人生の中でも、萌々果は両親との関係に苦しんでいた。期待に添えないことに苦しみ、愛してもらえないことを嘆いていた。

スマホを握りしめる手に力が入る。本音を話すのが苦手で人の顔色を窺ってしまう萌々果。言い換えれば人の気持ちを慮れる優しい人だ。その優しさに救われている人もいるだろうけれど、それでも本音で向き合える関係を築くことから逃げていては先に進めない。

そんな萌々果の背中を無理矢理にでも押してあげることで、少しずつ変わってきているいると思っていた。うまくいっていると思っていた。けれど、それはすべて隼都の思い上がりだったのだろうか。

「萌々果、あの――」

『ちゃんと話すこと、できた。私の気持ちも、それから両親の気持ちも』

「え……？」

思いもよらなかった答えに、隼都は言葉を失った。

「そう、なんだ」

『うん。……話したら、全部解決するような気がしてた。でもさ、そんなことないんだね。話を聞いたからってすぐに納得できるわけじゃない。今までのことを仕方なかったなんて思うこともできない』

「……うん」

『私……どうしたら、いいのかな』

それは答えを求めているようで、その疑問への正解なんてないのだと、問いかけた萌々果自身もわかっているような、そんな口ぶりだった。だから——。

隼都はスマホを持つ手を変えると、そっと息を吸い込んだ。

「どうもしなくて、いいんじゃないかな」

『え……?』

先ほどまでスマホを握りしめていた右手は、いつの間にかかいた汗でうっすらと濡れていた。

「たった一回話したぐらいで納得できるわけないよ。だから無理に納得したり、仕方なかったなんて思ったりしなくていい。ただ……これからもご両親と話す時間を作るだけでいいと思う」

『両親と、話す時間を……?』

「そう。話すということは相手と向き合うってことだから。それを続けることができれば、きっといつか萌々果とご両親にとっての正解が見つかるんじゃないかな」

『私と、両親の正解』

隼都の言葉を呑み込むように、萌々果は同じ言葉を二度、三度と繰り返し、それから『うん』と頷いた。

『そう、だね。うまくいくかわからないけど、でも』

言葉を切る萌々果に、隼都はその続きを伝えようとした。けれど。

『そうやって向き合うことが大事、なんだよね』

そう言った萌々果の声は先ほどまでより少しだけ明るくて、前を向いているような、そんな声色をしていた。


萌々果との電話を切ると、隼都は夜空に浮かぶ月を見上げる。

これで、萌々果に出した課題はすべて終わった。前の生の萌々果が変わりたいと、変えたいと思っていたことを今の萌々果は乗り越えることができた。

あと隼都に残されているのは――。

「必ず助けてみせるから」

そう呟く隼都を嘲笑うかのように、三日月は夜空に浮かんでいた。

第六章

両親との一件以来、私は隼都君のことが気になっていた。隼都君の私への気持ち、それから私が隼都君のことを知りたいという気持ち。色々な思いが混ざり合う。いったい彼が何者なのか。わからないまま、年が明けた。

隼都君の言う私が死ぬ日まで、もう二週間を切っていた。このままなにも知らずに、その日を迎えるのは嫌だ。けれど、私が尋ねようとしていることが、隼都君にとっては聞かれたくないことかもしれないと思うと、なかなか尋ねられずにいた。

新学期が始まり、久しぶりに登校した学校は、いつも通り賑やかだった。

「それじゃあ、ご両親とうまく話ができたんだね」

「うん。心配してくれてありがとう」

昼休み、昼ご飯を食べながら楓と咲葵に報告すると、ふたりは安心したような表情を浮かべていた。冬休みの間にメッセージで簡単には伝えていたけど、詳細を伝えるには難しく、結局今日まで詳しいことは話せずにいた。

「よかった。大丈夫だったって聞いてはいたけど、やっぱりちゃんと萌々果の口から聞くまでは心配だったからさ」

「本当にありがと」

屈託なく笑う楓に改めてお礼を告げる。

「そかそか、じゃあご両親のことが解決した今、萌々果の目下の悩みは――」

楓は私の席へと視線を向ける。今月もまた前後になった私と隼都君の席は、窓際の一番前と二番目にあった。その場所は、初めて隼都君が学校に来たときと同じで、私にとって思い入れの深い席だった。

ポケットに入ったままのサッカーボールのキーホルダーを握りしめる。今朝、教室で会ったときに返そうと思ったのに、受け取ってもらえなかったキーホルダー。

隼都君曰く『必要としている人が持っていた方がいいんだ。俺にはもう必要のないものだから』ということらしい。『でも……！』と、断ろうとした。けれど、そう言った隼都君の表情があまりにも悲しそうで、私はなにも言えないまま、キーホルダーをポケットへと入れた。

サッカーの話をしたときと、同じ顔をしていた。つらくて苦しくて泣きたくて、でも泣けなくて。あの表情の裏には、どんな思いが隠されているのだろう。

「それで？」

「え？」

「え？　じゃなくて。デートどこ行くの？」

「デ、デートって……。別にそういうのじゃなくて、ただ一緒に出かけるだけっていうか」

「それをデートって言わなくてなんて言うの」

呆れたように咲葵は言う。そうなのかもしれないけれど、改めてデートと言われてしまうと妙な緊張感が私を襲う。ふたりで遊びに行く、というだけでも緊張するのに。

「顔、赤いよ」

「も、もう！　からかわないで！」

頬を押さえる私を、楓と咲葵は笑う。そして。

「好きならさ、ちゃんと気持ち伝えた方がいいと思うよ」

「それ、は」

思わず言葉に詰まる。

神様である隼都君に、私が気持ちを伝えたとして、その先はいったいどうなるのだろう。ハッピーエンド、となる未来はどう頑張っても想像がつかない。

「――まあさ」

私の思考を遮ったのは、そんな楓の言葉だった。

黙り込んだ私の反応をどう解釈したのか、楓は私の肩を優しく叩いた。

「ダメだったら慰めてあげるから、思いっきりぶつかっておいでよ」

「楓……。うん、そうだね……」

「慰める報酬はジュース一本でいいよ」

「お金取るの!?」

「世の中を渡るっていうのはなかなかにシビアなんだよ」

真面目な顔で言う楓に、笑いそうになるのを必死にこらえる。どうにかそっぽを向いてやり過ごそうと思っているのに、視界の端っこでなにかが動くのが見えた。なにをやっているのだろう。不思議に思ってそちらに意識を向けると、頬を引っ張り変顔をした楓が、至近距離からこちらを見ていた。

「ふはっ」

私が笑うよりも先に、耐えかねた咲葵が噴き出した。つられて私も、笑わせた張本人の楓も笑う。

いい子の仮面を被っているわけでも、上辺だけでもない。今私は、ふたりと楽しくて笑ってる。なんの遠慮も躊躇いもなく、ふたりと話している。

きっと、ずっとこんなふうに、ふたりと笑い合いたかったんだと思う。他愛のないことで、くだらないことで、いつまでも。

両親のことも、友人たちのことも、私に一歩踏み出すきっかけをくれたのはいつも、隼都君だった。今度は私が隼都君の力になりたい。

隼都君が私を助けてくれたように、隼都君がなにかつらい思いをしているのであれば、その気持ちを軽くしてあげたい。もしも許されるのなら、そばに寄り添って寄りかかってもらえるような、そんな存在になりたい。

そんなふうに思うことは、傲慢、だろうか。

その日の放課後、いつも通り私と隼都君は学校を出た。最近は、時間をずらすことなく一緒に教室を出ているけれど、みんなその光景に見慣れてしまったのか、なにも言うことはなかった。

廊下も寒かったけれど、校舎の外に出ると、冷え込みが増す。セーラー服の上から羽織ったコートのボタンを閉めると、両手に「はーっ」と真っ白な息を吐き出した。

「今日、すごく寒いね」

「ホント寒い。朝起きるときとか、もう絶対ベッドから出たくないって思っちゃうもん」

「わかる、俺も一緒だよ」

「やった、一緒」

嬉しくて笑みを浮かべる私に、隼都君はおかしそうに笑った。その表情が可愛くて、胸の奥にきゅっと締めつけられるような甘い痛みが走る。

私は緊張しているのを気取られないように静かに息を吸って、前を見据える。隼都君からはいつも通りに見えているだろうか。チラリと視線を向けると、同じタイミングで私を見た隼都君と目が合った。

「萌々果、さ」

「え？」

急に話しかけられて、思わず声が裏返りそうになるのを必死にこらえる。そんな私にふっと微笑みかけると、隼都君は言った。

「ご両親とは、その後どう？　話してみて、さ」

「……すべてが解決したわけでもないし、謝ってもらったっていってもどこかぎこちないままだけど、でもなんとなく家の中の空気が柔らかくなった気がする」

そう感じているのは私だけではないようで、妹の桜良も『なんか最近、居心地がよくなったよね』なんてリビングで笑っていた。

「そう簡単に解決なんてできないだろうし、時間がどうにかしてくれることもあると思う。でも一歩先に進めたのは、萌々果が自分の気持ちを話せたからなんじゃないかなって俺は思うよ」

たしかに、隼都君の言う通りなのかもしれない。私がきちんと自分の正直な気持ちを伝えたからこそ、両親の思いも聞くことができた。今までされてきたことすべてを納得し受け入れることはできなくても、そうだったんだと理解することはできた。

「ならよかった。……これで課題はすべてクリアだね」

「……うん」

つまりこれで、私が死ぬことはなくなった。そう思って、いいはずだ。

私は隣を歩く隼都君へと視線を向けた。整った横顔、寒そうに白い息を吐き出す姿、何気ない光景のはずなのに、そのひとつひとつに心臓が高鳴る。

今こうやってすべてがうまくいったのも、全部隼都君のおかげだ。隼都君がいたから変わることができた。隼都君のおかげで、絡まった糸を解くことができた。全部、隼都君がいてくれたから。

でも、隼都君はどうしてこんなにも私によくしてくれるのだろう。神様だからって――。

「え……？」

私は思わず声をあげていた。隣を歩いている隼都君の身体が、薄く透けて見えたから。

何度目を擦ってみても、身体は透けたままだった。以前みたいに手だけではなく、全身が半透明のようになっていて、隼都君越しに生け垣が見えていた。

「どうかした？」

あまりに凝視したからだろう、隼都君は視線を向ける私に首を傾げた。

「あ、あの。隼都君、身体……」

「身体？　……ああ」

自分の身体を見下ろして、隼都君は納得がいったかのように頷いた。

「萌々果が三つ目の課題をちゃんとクリアしたから、俺の役目ももう終わりだからね」

「役目って……。終わったら、隼都君は、どうなるの？」

頭をよぎる最悪の答えをなんとか否定してほしくて、私は尋ねた。けれど、隼都君が見せる表情は、答えを聞く前から私の想像を肯定しているように見えた。

「役割が終われば、俺は萌々果の前から消える。最初から存在さえしていなかったかのように、綺麗に消えていなくなる」

「そ、んな……」

「それが神様の役割だから」

隼都君は寂しそうに笑ってみせた。

「――ねえ、萌々果」

不意に、隣を歩く隼都君が私を呼んだ。

「課題が全部終わったら出かけよう、って言ったの覚えてる？」

慌てて頷く私に、隼都君は嬉しそうに微笑んだ。

「覚えててくれてよかった。楽しみにしてる」

「私も、楽しみにしてる」

隼都君の言葉に、私は決意を固めた。ふたりで出かけるその日、想いを伝えようと。

伝えたところで意味がないのかもしれない。伝えたことを後悔する日がくるのかもしれない。でも、それでも私は気持ちを伝えたかった。隼都君が神様だったとしても、私は隼都君が大好きだと。


その日は、雲ひとつない快晴だった。

隼都君から告げられた、約束の一〇〇日目。本当なら今日、私は死ぬはずだった。そう思うと不思議な気持ちだ。

待ち合わせの駅に向かった私は、改札前に立つ隼都君の姿を見つけて駆け寄った。

隼都君は、白のセーターと黒の細身のパンツ、それにグレーのジャケットを羽織っていた。普段見ることのない私服姿に、心臓がうるさく鳴るのを必死に抑えながら、私は隼都君に声をかけた。

「おはよ」

「おはよ。……そのワンピース、可愛いね」

「え、あ、ありが、とう」

私は思わず自分の姿を見下ろす。真っ白な膝下丈のワンピースに水色のカーディガン。フレアスカートが風にふわりと揺れる。

隼都君に褒めてもらえるなんて思ってもみなくて、でも少しぐらいは可愛いと思ってほしくて選んだワンピースだったので、とても嬉しくて、それから照れくさかった。

「切符、買っておいたから」

隼都君はそう言うと、水族館の最寄り駅までの切符を差し出した。ここからは電車で一時間半ほどかかる。切符の金額もそれに比例して安くはないはずだ。

「お金払うよ！」

「いいよ、今日は俺に出させて」

「でも……！」

「デートなんだから、カッコつけさせてよ」

デート、という言葉に胸が高鳴る。そっか、これはデートだったんだ。

「……じゃあ、甘えさせてもらいます」

「はい、甘えてください」

顔を見合わせて笑うと、隼都君が差し出した手を握りしめた。

この先どうなるのかわからないけれど、今日を精一杯楽しもう。そう、決めた。

いつもの電車ではなくて、特急に乗ると私たちは一時間半の旅に出た。授業中の一時間半はあんなにも長くて退屈なのに、隼都君とふたりで話しながら過ごす一時間半は、あっという間に過ぎていく。

できることなら明日も明後日もその先も、ずっとこんなふうにふたりで過ごしたい。

でも……。

隣で笑う隼都君の身体は、今も時折透けて見えた。隼都君がいなくなる。その事実が私の気持ちを重くする。

今はこうやってそばにいてくれるけれど、いついなくなるか——。

「萌々果」

「え？　あぐっ」

名前を呼ばれて隼都君の方を向くと、口にクッキーを放り込まれた。もぐもぐと咀《そ》嚼《しゃく》していると、隼都君は私の眉間に触れた。

「ここ、皺寄ってる」

「あ……」

「色々考えちゃうんだろうけど、今日は……今日だけはさ、忘れて純粋に楽しも？　……まあ、あんな話をした奴が言うことじゃないのかもしれないけど」

苦笑いを浮かべる隼都君に、私は慌てて首を振る。そんな顔をさせたいわけじゃない。

電車に乗るときに離した手を、私は改めて握り直す。隼都君は少し驚いたような表情を私に向けた。

「デート、だもんね。もう他のこと、考えない」

「……うん」

はにかむように笑った隼都君の頬が、ほんの少しだけ赤らんで見えた。

水族館は電車を降りて十分ほどの場所にあった。平日ということもあり、館内はわりと空いていて、ゆっくりと魚やクラゲを見て回ることができた。

ひとり見て回った私たちは、イルカのプール近くにあるフェンスにもたれかかるようにして並ぶ。本来なら大勢の観客で賑わっているはずが、今日はガランとしていた。

「まさか今日に限ってイルカショーがお休みなんて」

入り口のボードに書かれたショーの予定に『本日はすべてのショーを中止していま す』と書かれていた。どうやらプールの点検と重なってしまったようで、イルカだけではなく、すべてのショーが中止になっていた。

「まあ、そういうこともあるよね。仕方ない。でも、残念だな」

仕方ない、と言いながらどこか残念そうなのが伝わってくる言葉に、私は――。

「まあさ、今日は無理だったけど次は見れるよ」

「……次か」

「そう、次。また一緒に来ようよ。イルカショーがある日に！」

こんな約束、無意味だと言われるかもしれない。どうせ消えていなくなっちゃうんだからって断られるかもしれない。それでも私はどうしても言いたかった。隼都君と、未来の約束を交わしたかった。

黙ったままの隼都君の顔をこっそりと見上げる。困らせてしまっただろうか。それともなんて返事をしようか迷っているのだろうか。

「あ……」

けれど、そんな想像は隼都君の顔を見た瞬間、私の都合のいい妄想でしかなかったのだと思い知らされる。

「そう、だね。一緒に来たい、ね」

悲しい顔で無理に微笑もうとする隼都君に、胸が張り裂けそうになった。決して叶わないことがわかっていて、それでも私を傷つけないように、必死に微笑んでくれている。

私はどうしたらいいんだろう。どうしたら隼都君をその苦しみの連鎖から、助け出すことができるんだろう。

真っ青な海を見つめながら、私は答えの出ない問題を、心に問い続けていた。

私たちが最寄り駅に戻ってきたのは十六時少し手前だった。あまり遅くなりすぎるとよくないからと隼都君に言われ、少し早めに切り上げて帰ってきたのだ。

駅前は学校帰りの学生で溢れていた。その中を、私たちは手を繋いだまま歩く。

なんとなく気が急いているような隼都君の態度に違和感を覚えた。なにか心配事があるのか、ずっと時計を気にしていた。

もしかしたら、と嫌な予感が胸をよぎる。

今日、消えてしまうのかもしれない。

違う、そんなことない。そう思うのに、一度よぎった思考は頭の中を覆い尽くす。

何度も何度も、自分自身に言い聞かせた。きっと大丈夫、たまたまなにか予定があって時間を気にしているだけだって。

そうじゃないと、不安に心が呑み込まれてしまいそうだったから。

「……今日、楽しかったね」

「そうだね」

「明日、学校行くのやだな」

「ホントだね」

どちらもなんとなく口数が少なくなって、会話がうまく続かない。それでも繋いだ手は離さなかったし、そばにいるのが嫌だとも思わなかった。ただなんとなく、隣にいるはずの隼都君の距離が遠く感じられた。

もうすぐ分かれ道に着く、そんなとき隼都君が足を止めた。

「あの、さ。前に、死にたいと思っていた俺のことを助けてくれた人がいるって話をしたの、覚えてる？」

隼都君の言葉に私は静かに頷いた。忘れられるわけがなかった。

「覚えてるよ。すごく、すごく悔しかったから」

「悔しい？」

隼都君は少しだけ不思議そうに首を傾げた。

そう、私は悔しかった。だって。

「私が、隼都君にそうやって言ってあげたかった。その人みたいに上手には伝えられないかもしれないけど、私が隼都君の支えになりたかった」

言ってしまった。

こんなの、隼都君のことが好きだって言っているようなものだ。隼都君はどう思っただろう。気持ちが悪いと思われただろうか。なにを言っているのかと引かれたかもしれない。

でもそう思うぐらいには、いつの間にか隼都君のことを好きになってしまっていた。

隼都君はどんな反応をするだろう、か――。

「ふふっ」

「え……？」

突然笑った隼都君に戸惑ってしまう。笑われるようなことを、言っただろうか。

不安に思う私に気づいたのか、隼都君は「ごめん」と謝ると優しく、とてもとても優しく微笑んだ。

「急に笑ったりしてごめん。きっと言っても信じてもらえないと思うけど、萌々果。君なんだよ」

「え……？」

「俺は君に救われたんだ。君のおかげで、もう一度生きてみようって思えた。今、俺がここにいるのは、萌々果。君と出会えたからなんだ」

隼都君の言葉の意味が、私には理解できなかった。私？　でも、そんな言葉を隼都君にかけた記憶は、私にはない。

「なにを、言ってるの？」

「ああ、ごめん。正確には以前の――もうひとりの君だ」

「もうひとりの、私」

「そう。……でも、あの頃の萌々果にこんなことを言ったら、大げさだって笑われるかも。そんなつもりじゃなかったって謙遜するかもしれない。それでもあの日の俺にとって萌々果が与えてくれた言葉は、真っ暗な雲に覆われた世界に差し込む、一筋の光のように感じられたんだ」

隼都君は、私を見ているようで私ではない誰かを見つめているようだった。

普通なら信じられるはずもない荒唐無稽な話のはずが、隼都君が言うと信じられてしまうのは、彼が〝神様〟だから、かもしれない。

私のことを見ているはずなのに、隼都君の目は私を通して違う誰かを見ているようだった。きっとそれが、もうひとりの私。

隼都君は私と一緒にいながらも、ずっと〝もうひとりの私〟を思い出していたのだろうか。

「……っ」

胸の奥が締めつけられるように苦しくなる。隼都君は〝もうひとりの私〟が好きなんだ。今の私ではなく以前の、〝もうひとりの私〟が。

「そんなの、勝てないよ……」

「萌々果?」

「……ううん。その〝もうひとりの私〟は、今の私とは全然違うんだなって。同じ私なのに、隼都君が話す〝私〟はとっても前向きで、今の私とは大違いだから……」

「……そんなことないよ」

隼都君は私を見る。まっすぐに。私を通して誰かを見つめるのではなく、今度こそ私自身を見つめてくれる。

「俺も出会った当初は、俺の知ってる萌々果と目の前にいる萌々果、どうしてこんなにも違うんだろうって不思議に思ったこともあった。でも、今の萌々果を知れば知るほど、その中にちゃんとあの頃の萌々果もいるんだって思えた。今の萌々果も、もうひとりの萌々果も、どちらも同じ——俺が好きになった萌々果だよ」

「はや、と、くん……」

照れくさそうに、でも優しく微笑む隼都君に、気づけば私の頬を涙が伝っていた。

「ああ、でもこっちの萌々果の方が泣き虫かも」

「もうっ」

「あはは、ごめんって」

笑いながら私の目尻に残る涙を拭うと、少しだけ隼都君は寂しそうな表情を浮かべた。その理由を尋ねようとして、私はふと疑問に思った。

私の知らないもうひとりの私と過ごした時間があると隼都君は言う。それならどうして今ここに隼都君がいるのだろう。隼都君がもともといた世界は今どうなっているのだろう。もうひとりの私は、隼都君は今——。

「隼都君……」

私の言葉になにかを感じ取ったのか、隼都君は静かに微笑んだ。

「あの頃、萌々果のおかげで学校にも通うようになれた。少しずつではあるけど、クラスにもなじめるようになった。萌々果のことが好きで、毎日が楽しかった。……あの日、骨肉腫の再発、それから余命宣告を受けるまでは」

「よめ、い……？」

「余命三ヶ月。そんなのドラマの中でしか聞いたことなかったよ。しんどい思いをして治療を終えて、学校に通えるようになったと思ったら再発を告げられてさ。よく言うじゃん、目の前が真っ暗になるって。ホントそれで、母親は泣くし、医者は深刻な顔をしてるしさ、もうどうしていいかわかんなかったよ」

笑う隼都君の前で、私はどんな表情を浮かべてしたらいいのかわからなかった。けれど、隼都君はそんな私を気にすることなく話を続けた。

「信じられないし、信じたくないし。気づいたら診察室を飛び出したんだ。ひとり走って走って、このあとどうしようってなったときに、どうしても萌々果に会いたくなって……それで、フラフラと萌々果に会いに学校の方に向かったんだ。でも頭が真っ白なまま歩いてたから、正面から来てた萌々果にも、それから俺の左側から来ていた車にも気づかなくて……」

隼都君はなにかを思い出すように固く目を瞑《つぶ》ると、押し殺すような声で、言った。

「先に気づいたのは萌々果だった。猛スピードのまま真っ直ぐに俺の方へ向かって走ってくる車に気づいて、それで――俺を突き飛ばしたんだ」

「萌々果は俺の代わりに、猛スピードで突っ込んできたその車に轢かれた。尻餅をついて座り込む俺の目の前で」

重ねた私の手のひらの中で、隼都君の手が小刻みに震えていた。ギュッと力を込めると、隼都君は苦しそうに表情を歪めながらも「ありがとう」と小さく呟いた。

「萌々果のそばに近寄って、そっと腕に抱きしめた。でも萌々果はまったく動かなくて、目も開けなくて……。俺の腕の中でどんどん冷たくなっていった。自分自身を恨んだよ。どうして車に気づかなかった、どうして萌々果に会いに来た、どうせ死ぬなら、余命宣告を受けた俺が死ねばよかったのに。なのに、どうして、どうしてって」

自分が轢かれて冷たくなっていったと言われても、なかなか実感はわかないし、想像するのも難しい。ただ苦しそうな隼都君の姿を見ていると、どれほど苦しかったか、それだけは伝わってきた。

「俺の腕の中でどんどん萌々果の身体から血が流れ出て、身体の力が抜けていくのを、ただ抱きしめて泣き叫び続けることしかできなかった。ようやく遠くから救急車の音が聞こえてきた頃には、もう間に合わないことは誰の目にも明白だった。――そんなとき、その男は現れたんだ」

「まさか……っ」

「男？」

「——神様だよ。俺みたいに名前を騙《かた》っただけじゃなくて、そいつは正真正銘本物の神様だった」

それは初めて会った日に、隼都君が私に名乗ったものだった。

「そいつはまるで喪服みたいな真っ黒なスーツを着て、俺のそばに現れた。三日月のような笑みを貼りつけて俺に言ったんだ。『彼女が生きているときに戻してやろうか』って。言われている言葉の意味が最初は理解できなかった。だって、時間なんて戻せるわけがないから。それでももしも本当に時間が戻るなら。俺は一縷の望みをかけてそいつに、戻してほしいと頼んだ」

「それで、戻してもらったの？」

「うん……。ただし、代償を要求された」

「代償？」

私の問いかけに、隼都君は少しだけ躊躇ったような表情を見せたあと、ふうと息を吐いて、それから口を開いた。

「代償として余命を差し出すこと。それが男から提示された条件だった」

「余命って……まさか」

顔を上げて隼都君を見つめる。隼都君は優しい瞳で私を見つめ、微笑んだ。

「どうせ死ぬ身体なら、萌々果。君を助けて死のうと思った」

「なんでそんな馬鹿なこと！」

「俺にとってはそれぐらい、君の存在は大きかったんだ。たった一〇〇日だったけど、もう一度萌々果と過ごせて幸せだった」

「嘘、だよね」

　声が、震える。『嘘だよ』と『ビックリした？』と、いつものように笑ってほしいのに、隼都君は優しく微笑み続けるだけだった。まるで、それが答えとでもいうかのように。

「いや！　どうして、そんな！」

「君は、俺のすべてだった。君じゃない萌々果と過ごした八ヶ月間、そして君と過ごしたこの一〇〇日。どれだけ俺が君に、君たちに救われたか。君がいたから俺は今生きている。君がいたから今笑っていられる。萌々果、君と出会えたから、今俺はすごく幸せなんだ」

　私は何度も何度も首を振った。溢れた涙が、水滴となってまるで雨のように飛び散っていく。

「君が俺を助けてくれたように、今度は俺が君を救う。たった八ヶ月のことで、命を懸けるなんて馬鹿だって笑うかな。でも、俺にとってはそれぐらい君の存在が大きかった。残りの人生すべてを懸けてでも、助けたいって思うぐらい、君のことが大好きなんだ。そして、今その選択が正しかったって改めて思うよ。この一〇〇日間、今の君と過ごした時間は、以前の萌々果と過ごした八ヶ月に負けないぐらい幸せな時間だった」

隼都君の笑顔があまりにも幸せそうで、なにか言えば隼都君自身を否定してしまうように思えて、なにも言えなくなった。

一秒でも早くこの場所から立ち去りたかった。立ち去ってしまえば、きっとなんとかなる。なんとかなってほしい。

「萌々果」

でもそれを隼都君は許してくれない。

「萌々果」

「嫌だ」

「萌々果、聞いて」

「聞きたくない！」

隼都君の言葉に、私は何度も何度も首を振った。

「隼都君の命を犠牲にしてまで、私は生きたくない！」

「でもね、萌々果を助けなかったとしても、もうすぐ俺の命は尽きるんだ」

「あ……」

隼都君の身体は向こう側が見えるぐらい透けていた。もうほとんど実体の残っていない隼都君の姿に、震えが止まらなくなる。

「一度死んだ俺が、今ここにいられるのは神様の力のおかげだ。この身体はもうすぐ実体を保てなくなる。神様と取引した一〇〇日の間だけが、俺に残された時間だったんだ」

「でも、そんなのって……！」

「そういう取引、だからね。それなら、大好きな子を守って死にたいなって」

寂しそうに微笑む隼都君の後ろから車が猛スピードで突っ込んでくるのが見えた。

それは完全に無意識だった。隼都君の話を聞いたからそうしようと思ったわけじゃない。でも気づいたら身体が動いていて、隼都君のことを突き飛ばしていた。――けれど。

「なっ……！」

その瞬間、車は私たちに気づいたのか急ハンドルを切った。そのまま道路横の民家の壁にぶつかると――弾みで進行方向を変えた。私が突き飛ばした、隼都君の方へと。

「い、いやあああ！」

辺りになにかが壊れる鈍い音が響き渡る。車は近くの電柱にぶつかり止まっていた。

「大成功、だ……」

なにが起こったのかわからない。でも、ぐったりと地面に横たわった隼都君が笑う声が聞こえた。

頭からは血が流れ、全身が傷だらけの状態で、隼都君は倒れていた。私は呆然《ぼうぜん》としながらも、恐る恐る倒れ込んだ隼都君に近づいた。

「はや、と……くん……どう、して……」

隼都君のすぐそばに、崩れ落ちるように座り込んだ私に、隼都君は力なく微笑んだ。

「俺を庇って轢かれた萌々果を……どうやったら助けられるか、毎日のように考えていた。きっと俺が守ろうとしても、君は俺を助けて……しまう。優しくて、誰かのために動ける君の、ことだから。だから、君に伝える話に、嘘……を、混ぜたんだ。同じ未来に、ならない。ように……。萌々果じゃなくて、俺が、轢かれるように……」

「もういいよ！　これ以上喋らないで！　すぐに救急車が来てくれるから！」

車に乗っていた男性が、救急車を呼ぶ声が聞こえる。きっとすぐに来てくれる。そしたら隼都君だって助かるはず。そう、思うのに、そっと抱きしめた隼都君の身体にはもうほとんど力が入っていなくて、ぐったりとした重みを感じた。

「事故に、しても……病気にして、も……あいつ、との……取引に、しても、俺は死ぬ運命だったんだ……。だったら、さ、萌々果を守ったヒーローとして、死なせて……。大好きな子を守った、ヒーローと、して」

「大好き、だよ。萌々果、君のことが、大好きだ。俺は、いなくなるけど、萌々果は、明日も、明後日も、生きて。それが、俺の……最期の、願いだから」

言い終えると、隼都君は——私の腕の中で、動かなくなった。

「やだ……こんなの、こんなの嫌っ！」

遠くの方で、救急車の音が聞こえた。けれど、もう手遅れであることは、誰の目にもあきらかだった。

「隼都君……」

第七章

ようやく、萌々果を助けることができた。全身が痛いのか痛くないのかすらもうわからないけれど、きっとこれですべてがうまくいく。

もう開くこともできないほど重くなった瞼《まぶた》が、どんどん視界を狭めていく。微かな隙間から、萌々果が泣いているのが見えた。

もうひとりの萌々果に救われた——。

俺の突拍子もない言葉に、萌々果は驚いたように目を丸くしていた。無理もない、突然、クラスメイトから『神様なんだ』と言われ、挙げ句の果てに『もうひとりの君に救われた』なんて言われたら、普通驚くと思うし、信じてもらえないだろう。

でも、事実なんだ。

なにもかもが嫌になっていたあの頃、もしも萌々果と出会わなかったら、今ここに俺はいなかっただろう。

——あれは五月だというのに、すでに夏の暑さを先取りしたかのような、よく晴れた日のことだった。

両親は仕事に、兄貴は——俺が入ることが叶わなかった高校へと登校して、家にいるのは俺ひとりになっていた。中学三年の冬に宣告された骨肉腫は、最低限の治療は続けていたものの、手術をすることは拒み続けていた。

息をして、ただ生きているだけの俺にはなんの価値もなくて、ただ毎日ベッドで寝転び、死んでいるのと変わらない堕落した日々を送っていた。

目を開けて天井の染みを見つめる。まるで染みすらも俺を馬鹿にしているように見えて、苛立ちがこみ上げてくる。手元の枕を壁にぶつけると、勢い余って棚に置いていたトロフィーが床に落ちた。以前までの俺にとっては大事な勲章だったそれも、今となっては埃《ほこり》を被ったただのオブジェにすぎない。

いつまでこんなふうに生き続けるのだろう。代わり映えのしない毎日にも飽きてきた。ベッドの上で一日を過ごす自分にも嫌気が差す。

ああ、もういっそ最低限の治療さえやめてさっさと死んでしまおうか。いや、なんなら今日ですべてを終わりにするのもいいかもしれない。

少しだけ考えて、そして決意を固めた。

自宅を出るのは、受験のために嫌々進学先の高校まで試験を受けに行って以来だった。

どうせ長く生きられないのだから先のことなんてどうでもよかったけれど、骨肉腫と宣告された直後に問題を起こして停学を食らい、泣かせしまった両親に少しでも安心してもらおうと進学校を受験した。そこは欠席や停学というマイナスがあっても、成績さえよければ入れる学校だった。

合格発表は郵送で届いたらしいけれど、俺は見てもいない。それでも喜ぶ親の姿にホッとしたし、受けてよかったと思った。ただその高校にも、一度も通うことはなかったけれど。

まるで絵画のように壁にかかった制服に視線を向ける。いっそ、これを着て死ぬのはどうだろうか。最後ぐらい、高校生をやってみるのもいい。

春頃に親が買ってきた制服は、着てみると少しだけ大きかった。三年経てばちょうどいいサイズになったのかもしれないな、と半年以上顔を見ていない兄貴の姿を思い浮かべた。

ネクタイの結び方がわからなかったので適当に結ぶと、俺は数ヶ月ぶりに家を出た。もうこの家には、戻ってこないという覚悟を決めて。

五月のはずが外は思った以上に暑く、ブレザーの上着が邪魔で仕方がなかった。いっそ脱いでしまおうかと思ったけれど、それすら面倒で、結局着たまま辺りを歩き回った。

どこで死ぬのがいいのだろうか。手っ取り早いのはどこかの高層マンションから飛び降りることだ。それとも車の通りが多い道路に架かっている歩道橋から飛び降り？首つりは、死んだあとがグロいって聞くから嫌だな。

そんなことを考えながら歩き回っていると、少し先に踏切が見えた。電車なら当たった瞬間に死ねそうだ。

　俺は、踏切のそばの地面に座り込んで電車が来るのを待つことにした。サッカーをやっていた頃は毎日触れていたはずの土に、久しぶりに触れた。中学のグラウンドは芝生じゃなかったので、スライディングをするたびに腕に、足に擦り傷ができた。でもその傷跡すら、当時は勲章のように感じていて痛みなんてこれっぽっちも気にならなかった。

「……くそっ」

　こんなときにまで思い出すのが、サッカーのことなのが悔しい。忘れたいのに、忘れられない。ヒリヒリと、ずっと心に火傷《やけど》をしたみたいに傷跡が疼いている。

　さっさと遮断機が降りて、電車が来てくれたらいいのに。そしたらすぐに飛び込んで、それでこんな世界とはさよならだ。近くに生えていた草を引き抜くと、勢いよく投げた。

　その拍子に、視界に誰かの姿が入った。俺が着ているブレザーとよく似た制服を着た女子は、なぜか俺の方をジッと見つめていた。

「……っ」

　座り込む俺を見下ろすようにして立っている女子を、苛立ちを込めて睨みつける。その瞬間、彼女は肩を震わせた。俺に気づかれているとは思っていなかったようだ。

慌てて立ち去ったのを見て、視線を踏切へと戻す。けれど、気づくと彼女は再びもとの場所に戻ってきて、まるで見守るように俺に視線を向けた。

「なに？」

「え、あ……えっと……」

いい加減苛立って、不機嫌さを隠すことなく尋ねた。こう言えばきっと『なんでもない』と言って立ち去ると思って。

けれど、俺の予想は大きく外れ、目の前の女子は一歩こちらへと踏み出すと口を開いた。

「なにをしようとしているの？」

「は……？」

聞き返されるなんて思わなくて、なんと答えたらいいのかわからなくなる。

よくよく考えるとこの半年の間、家族と病院関係の人以外と話をすることなんて数えるほどしかなかった。自分から話しかけたくせに、話しかけられたことに対する動揺を隠せない。

想定外の出来事に驚いて言葉が出てこないでいると、彼女は俺の隣に腰を下ろし、踏切を指さした。

「死ぬの？」

あまりにストレートな言葉。死ぬのと聞かれると、逆になんて答えていいのかわからなくなる。

「……だったらどうするんだよ」

「え、どうするって……。一応止める、かな」

「なに、一応って」

「えっ、だって……。死にたいっていう人の覚悟を止める権利は、私にはないから。……あ、でもここの電車、一時間に一本しか来ないから、次来るの五十分後だよ」

「ごっ……」

電車になんて小学生の頃に遠足で乗ったのが最後だから、そんなに電車が来ないなんて知らなかった。

「あほらし」

このままここにいても仕方がないと、俺は立ち上がりズボンについた土埃を払った。

女子は俺に、心配そうな視線を向けた。

「もういいの？」

「死ぬとしても五十分も待ってられないから、別のところに行くよ」

「そうなんだ」

納得したようなしないような返事をする女子を置いて、俺は歩き始める。けれど、なぜかその女子も俺のあとをついてきた。

「なんでついてくるんだよ」

「こっちに用事があるだけだよ」

「じゃあ先に行けよ」

「それは私の勝手、でしょ？」

むかつく女子だな、それが第一印象だった。後ろを歩いていたはずが、いつの間にか隣に並び、そのまま歩き続ける。

「なあ、お前」

「お前じゃなくて。萌々果だよ」

名字じゃなくて名前を名乗られて、戸惑ってしまう。こういうとき、兄貴ならさらっと名前を呼んでしまうのだろうけれど、俺はそういうのがどうも苦手だった。

チームの中には、女子にモテるためにサッカーをやってるなんて奴もいたけれど、その感覚は俺には理解できなかった。

けれど、ここで『名字は』と聞くのもダサい気がして「あっそ」とだけ返事をした。

「俺は……」

「蔵本隼都君、でしょ」

「なんで……！」

思わず隣にいる——萌々果を見た俺に、彼女は嬉しそうに笑った。

「やっぱり合ってた」

「やっぱりってどういうことだよ」

「その制服、うちの学校のでしょ？　しかも学年章がひとつってことは、同い年。でも、入学式から一ヶ月経つけど、見覚えがなかったから、もしかしてって」

間違っていないだけになにも言えないけれど、当てられてしまったことが妙に悔しくて俺はわざとそっぽを向いた。

「自分の学年の生徒、全員覚えているっていうのか？　そんなわけ」

「そうだよ？」

「は？」

俺の言葉を遮った萌々果は、先ほどの嬉しそうな声のトーンとは違い、どこか無機質な口調で続けた。

「名前と顔は覚えてる」

「マジかよ。……なんなの、あんた」

「……ただの、いい子ちゃん、だよ」

そう口にする萌々果がなぜか泣きそうに見えて、俺は胸がギュッと締めつけられるような痛みを感じた。

なんと言えばいいかわからなくて黙ったままの俺に、萌々果は小さく笑う。

「なんてね」

「………」

「蔵本君？　蔵本隼都君？」

俺の顔を不安そうに覗き込むように見る萌々果に、俺は言った。

「……いい子なんかじゃないよ」

「え？」

萌々果は驚いたように目を見開いた。

俺は、今から自分が言おうとしている〝らしくない〟言葉が妙に気恥ずかしくて、でもどうしても萌々果が言った言葉を否定したかった。

だって自分のことを〝いい子〟だと言う萌々果は、〝いい子〟であることが、つらくて仕方がないというような表情を浮かべていたから。

「──初対面の奴に『死ぬの？』なんて聞いてくる人間のどこがいい子なんだよ。だいたい今、十三時だぞ。いい子は平日の昼間に、こんなところでサボってなんかないだろ」

「それは……でも……」

「ああいうのは〝お節介〟って言うんだよ」

「お節介……」

　隣に立ち尽くした萌々果は「そんなこと初めて言われた……」と呆然とした様子で呟いていた。

　お節介は言いすぎだっただろうか。せめて〝人がいい〟とかにしておくべきだった？　でも、なんとなく萌々果の優しさを肯定してはいけない気がした。

「そっか、お節介、お節介かぁ。ふふ……」

「萌々果……？」

　口元を押さえて嬉しそうに笑う萌々果に、俺の方が戸惑ってしまう。怒られることはあれど、笑い飛ばされるとは思ってもみなかった。

　でもそうやって素直に笑う萌々果の笑顔は、なんとなくいいなと思って目が離せなかった。

　ひとしきり笑ったあと、萌々果は目尻に浮かんだ涙を拭って俺を見た。

「ありがと」

「は？　え、別にお礼を言われるようなことなんてなにも言ってないけど」

「お節介だって、言ってくれたでしょ」

「アレのなにが嬉しいんだ？」

「隼都君には言ってもわからないと思う。でも、すごく嬉しかったんだ。いい子じゃなくて、お節介。うん、そっちの方がいい」

さりげなく隼都君と呼ばれて、心臓がうるさく音を立てて鳴り響く。

「あっそ。嬉しかったならよかったな。ってか、いつまでここにいるんだよ」

「それは……。ねえ、ちなみになんだけど学校に来る気はないの……?」

「ない」

「そっか」

萌々果の言葉に即答する俺に、拍子抜けするほどあっさりと引き下がった。もっと食い下がると思ったから逆に戸惑ってしまう。

「なんで来ないの? って、聞かないの?」

どうしてこんなことを聞いているのか自分でもよくわからなかった。自分自身の言葉に戸惑う俺に、萌々果は困ったような笑みを浮かべた。

「んー、聞かない、かな」

「どうして?」

「聞いてほしくないことを無理矢理聞くことはしたくないから」

ハッキリと言い切ったあとで、「あっ」と慌てたように萌々果は言った。

「でも、死ぬのは止めたいって、思ってるけどね」

自信のない、心配そうな声色。自分の気持ちを言っているだけのはずなのに、どうしてこんなにも不安そうなのか。

自分の意志がハッキリしているのか、それともしていないのかわからない変な奴、そんな印象を萌々果に持った。

だから、だろうか。少し意地悪な質問をしてみたくなったのは。

「どうやって止めるの？」

そう尋ねたときに、萌々果がどう答えるのか気になった。

萌々果は俺の問いかけに、困ったような表情を浮かべる。どうやら〝どうやって〟までは考えていなかったらしい。

困った顔、笑った顔、不安そうな顔、嬉しそうな顔。クルクルと変わる表情が、もっと見ていたいと思わせる。

死ぬのなんて、いつでもできる。それなら。

「もしかしたら今日このあと死んじゃうかもしれないなぁ」

「そ、れじゃあ、家まで一緒に帰るよ」

「明日死ぬかもしれないし」

「それは……」

悪趣味なことを言っている自覚はあった。くつくつと笑う俺に、萌々果も遊ばれていると気づいたのだろう。「意地悪」と小さな声で呟いた。

「じゃあさ、俺が死なないように見張っててよ」

「え？　な、どういう……」

「例えば、ここで待ち合わせとかどう？　来たら今日も生きてたってことがわかるし」

「それは、そうかもしれないけど……」

なんとなく腑《ふ》に落ちない表情を浮かべている。そりゃそうだ、こんなめちゃくちゃな提案、おかしいと思わない方が変だ。

でも、きっと萌々果は受け入れると思った。だって。

「萌々果はきっと来るよ。だって、来なかったら俺が生きているか死んでいるかわからなくて、心配で仕方ないと思うから」

「……なにそれ」

言葉では呆れたように言いながらも、萌々果の表情は柔らかかった。

その日から、平日の学校が終わった夕方の十六時。俺たちはこの場所で同じ時間を過ごすことになった。

自宅に帰った俺は、足早に自室へと向かう。制服姿で出かけていたことを、両親に気づかれたくはなかった。

「もう知らな――」

制服を床に脱ぎ捨てると、ベッドに寝転がる。久しぶりの外出のせいか、疲労感がすごい。

「なんなんだよ、あいつ」

右腕で目を覆う。暗闇の中に浮かぶのは、微笑みかけてくる萌々果の姿だった。

「学校、か」

萌々果は、自分と俺が同じクラスだと言っていた。もしも病気になることもなく普通に中学を卒業して、高校に進学し、同じクラスに萌々果がいたら――。

そんなありえない世界を想像して、自分の口角が少し上がっていることに気づき慌てて口を引き締める。過去は変えようがない上に、もしも変えられたとしたら、そもそも今の学校に進学することはない。萌々果と出会うことだってないんだ。

「明日、どうするかな」

そんなことを考えているうちに眠りについた。久しぶりに外に出たからだろうか。病気が発覚した日以来、初めてぐっすり眠れた気がした。

翌日、早く寝たせいか六時過ぎに目が覚めてしまった。早く寝て早く起きるとお腹も空く。ずっと自分の部屋に引きこもっている俺の食事は、毎日決まった時間に部屋のドアの前に母親が置いてくれていた。

けれどその時間までまだ随分と時間がある。腹の根が〝これ以上待てない〟というクレームを込めて大きな音を立てて鳴る。

この時間なら、まだみんな寝ているだろう。俺は音を立てないようにドアを開けると、静かに階段を下りた。

リビングのドアをそっと開ける。ここに足を踏み入れるのも、いったいいつぶりだろうというぐらいに久々だった。

隙間から中を見ると、思った通り誰の姿もなかった。ホッと息をついて、なにか見繕ってさっさと自室に戻ろうと冷蔵庫を開ける。

兄貴の夜食だろうか。おにぎりが三つ、ラップをかけて皿にのっているのを見つけた。ちょうどいいやとそれに手を伸ばそうとすると――後ろから聞き覚えのある声が聞こえた。

「……隼都？」

「……っ」

伸ばした手を慌てて引っ込め、声のした方を恐る恐る振り返る。そこには、久しぶりに見る兄貴の姿があった。

「なにやって、ああ、腹減ったのか」

冷蔵庫を開けたまま立ち尽くす俺に、兄貴は「しょうがねえな」と笑った。

「昨日、晩飯食わなかったからだぞ。母さん、心配して何回もドアをノックしてたのに、それすら無視してたんだって？　具合でも悪くなったのかって、ドアを壊した方がいいかしらって、本気で相談してきたんだからな」

「マジかよ」

思わず呟いた言葉に「マジで」と兄貴は笑いながら言うと、俺の隣に立って冷蔵庫を開けた。たったふたつしか違わないはずなのに、半年ぶりにまともに見る兄貴は、以前よりも身体が一回り以上大きくなっているように感じた。対して俺は、この半年で筋肉が落ち随分と細くなった気がする。ひょろい腕を兄貴の太い腕と並べたくなくて、冷蔵庫の前から一歩後ろに下がった。そんな俺を気に留めることなく、兄貴は冷蔵庫の中からなにかを取り出した。

「ほらよ」

「これって」

「昨日の晩飯。もったいないから明日の朝飯に食わせたらいいって言って冷蔵庫に入れといたんだ。母さんは『私が食べるからいいわよ』って言ってたけど」

「そ……っか」

受け取った皿を持つ手に力が入る。

病気になって散々迷惑をかけたくせに、勝手に引きこもって、さらに心配させて……。自分自身が情けなくなる。

「で？　昨日はなんで飯食わなかったんだ？」

「……寝てた」

「は？　本当に体調でも悪かったのか？　病院の予約入れてもらうか？」

少しだけ心配そうに、目を細めて俺を見る。熱がないか額に触れようとする兄貴の手を、空いている方の手で振り払った。

「悪くねぇよ。……ただ、久しぶりに外に出たら、疲れたみたいで。夕方ベッドに入って、気づいたらさっきだった」

「夕方から……っていうか、え？　外に？　待って、そんな話初めて聞いたんだけど。ちゃんと母さんに言ってから出たか？」

「初めて聞いたって、言ってないから当たり前じゃん」

「当たり前って、お前な……。外出中になにかあったらどうするんだよ。だいたい――」

また小言が始まった。心配してくれているのはわかるけれど、子どもに言い聞かせるような言葉に少しうんざりしてしまう。

俺は目を伏せて、兄貴から顔を背けた。

とはいえ、言われても仕方がない状況なのもわかっている。だから大人しく話を聞こう、そう思っていたのだけれど、いくら待っても兄貴が言葉の続きを発することはなかった。

「兄貴？」

思わず顔を上げて首を傾げる。兄貴は言いかけた言葉を呑み込むように「あーー」と唸ると、盛大にため息をついた。

「……まあ、いいか。なにもなかったみたいだし」

言いたいことも聞きたいこともたくさんあったと思う。けれどそれらすべてを呑み込むと、兄貴は俺の方を向いた。

「お前はお前で考えていることがあるんだろうけど、たまには俺や両親のことも頼れよな。俺たちはお前の敵でもなんでもない、家族なんだから」

「……わかった」

その返事が口先だけのものであることは、兄貴にも伝わっていただろう。それでも「約束だからな」と優しく笑うと、大きな手で俺の頭を乱暴になでた。

懐かしい兄貴の手の感触に、しばらくその場から動けずにいると、自分の朝食を準備し始めた兄貴がこちらを向いた。

「もうすぐ母さんが起きてくるけど、いいのか？」

「よ……く、ない」

まだ母親と顔を合わせる勇気は、俺にはなかった。兄貴は「仕方ないな」と苦笑いをすると、自分のために作ったフルーツジュースをコップに注いで俺に差し出した。

「食い合わせはよくないだろうけど、一緒に持ってけ」

「……ありがと」

俺は受け取ったコップと昨日の晩ご飯がのった皿を手に、足早に自室へと戻った。俺が部屋のドアを閉めるのと、母親の部屋のドアが開く音が聞こえるのがほとんど同時だった。

ホッと胸をなでおろすと、ローテーブルに皿とコップを置いた。皿には、デミグラスソースのかかった煮込みハンバーグとブロッコリーやにんじんが盛り付けられていた。その横には、玉ねぎの入ったポテトサラダ。どれも俺が好きでよく作ってもらっていたメニューだ。

「……いただきます」

冷蔵庫に入れていたので冷めてはいるけれど、どれもとても美味しくて。あの日以来、何度も食べたメニューだったけれど、今日のそれは――涙が溢れるほど、美味しく感じられた。

その日、俺は約束の十六時に昨日の踏切へと向かった。もしかしたら萌々果は来ていないかもしれない。もしそうだとしたらこうやって出てきたことも無駄足だ。そんなことを思いながら歩いていると、視界の向こうに踏切と――すぐそばに立つ、制服を着た萌々果の姿が目に入った。

思わず自分の頬が緩んだのに気づいて、慌てて咳払いをひとつした。

「ホントに来たんだ」

「隼都君が来いって言ったんでしょ」

「来いなんて言ってないよ。来てくれなきゃどうなるかわかんないとは言ったけど」

「……そんなの、来いって言ってるようなもんだよ」

不服そうに口を尖らせる萌々果が可愛くて笑ってしまう。萌々果の色々な表情が見たくて、ついつい構いたくなる。こんな感情、初めてだった。

翌日も、そのまた翌日も、俺たちは十六時になると毎日踏切の前で会った。別になにをしていたわけでもなく、ただふたりで話をするだけの日々。そんな毎日が俺にとって、楽しくて、それから幸せな時間だった。

放課後、十六時になると、あの踏切のところで萌々果と待ち合わせる。それが平日の日課になった。

学校でこんなことがあったとか、最近見たドラマの話とか、他愛のない話を萌々果はする。俺は特におもしろいことなんてないから、だいたいいつも聞き役だった。たまに昔読んでいた漫画の話をすれば「今度読んでみるね！」なんて萌々果が笑ってくれるのが嬉しかった。

けれど、俺は自分の病気のことは今もなお萌々果に言えずにいた。

その日もベッドの上で夕方になるのを待っていた。ただ今日は、朝からどんよりとしていた。今にも雨が降りそうで、ベッドに寝転んだままレースカーテンを開けて何度も空を見上げた。夕方まで降りだしませんように。降ったとしても、やみますように。

ああ、でも。

「萌々果と一緒に傘に入るのは、いい……か、も……」

そんなことを思いながら、気づけば俺はまどろみの中に落ちていた。

パラ、パラと音を立てて、雨粒が部屋の窓にぶつかる音で目を覚ました。結局、天気はもたなかったらしく、いつの間にか雨が降り始めていた。

「今、何時……」

そろそろ準備をしなければ。そう思って、時計に視線を向けると――デジタル時計は十六時三十分と表示されていた。

一瞬で目が覚める。何度見直してみても、時計は待ち合わせ時刻の三十分後を表示している。

いつから降っているのかわからないけれど、室内にいても雨音が聞こえるぐらいには、強い雨だった。

嫌な、予感がする。そんなわけない、きっと帰った。もう待っているわけなんてない。必死にそう思い込もうとしたけれど、気づけば俺は自室を飛び出していた。

「隼都!?」

足音に驚いたのか、リビングから飛び出してきた母親の声が聞こえたけれど、気にする余裕なんてなかった。

脱衣所に置かれた畳まれたタオルと、それから玄関に置いてあった傘を掴むと、俺は雨の中を駆け出した。

晴れた日はまるで夏のような暑さだけれど、雨降りの六月は初夏どころか冬に逆戻りしたかのように寒い。こんな雨の中、もしも萌々果が俺を待っていたとしたら。想像しただけで、胸が苦しくなる。

お願いだから、いないでくれ。無駄足になってもいい。馬鹿だなって自分を自分で笑うから、だから。

そう思う俺の願いもむなしく、踏切の遮断機のすぐそばに、彼女の姿はあった。傘も差さずに、ただ俺が来るのを待っていた。

「——萌々果！」

「あ、隼都君、じゃないって。なにやってんだよ、雨降ってるっていうのに。俺のことなんか待たなくていいから帰れよ、帰ってくれよ」

持ってきた傘を差してその中に入れると、持ってきたタオルで萌々果を包んだ。

「ありがと」と微笑む萌々果の肩は、小さく震えていた。

「だって、約束したから」

「あ……」

俺の言った『死なないように見張ってて』という言葉に縛られて、萌々果は待っていてくれた。雨の降る中を。

「萌々果、俺……！」

「それに私が帰っちゃってから隼都君が来たら、きっとしょんぼりしちゃう」

「しないよ、しょんぼりなんて」

「ううん、私がしょんぼりするの。あと五分待ってたら会えたかもしれないのにって」

「なんで、そこまで、俺のこと」

俺にはわからなかった。何度かこの場所で会っただけの、ただの同級生の俺のことを、どうして萌々果がそんなにも気にかけてくれるのか。

「なんで、かな。私にもわかんないや。でも、」

「でも？」

「もしかしたら隼都君に、自分自身を重ねているのかもしれない」

「萌々果自身を？」

　復唱するかのように尋ねる俺に、萌々果は静かに頷く。〝いい子〟でいようとする萌々果と、なにもかもから逃げている俺。どこが重なるのか、まったくわからなかった。

　萌々果が〝いい子〟でいなければいけない理由がわかれば、もしかしたら俺にも今の萌々果の気持ちがわかる、のだろうか。

「それから――」

「ねえ」

　なにか言おうとした萌々果の言葉を遮ると、俺はずっと気になっていたことを尋ねた。

「萌々果の言ういい子って、なに？」

「え？」

「いや、前にさ、〝いい子〟って言ったときにつらそうな表情してたから。萌々果にとっていい子ってどういう意味があるんだろうって思って」

ずっと気にかかっていた。〝いい子〟であることにこだわる萌々果にとってのいい子とは、いったいどんな人間のことを指すのかと。

萌々果は俺の問いかけに、少し迷ったあと困ったような笑顔で答えた。

「両親に愛される子、かな」

「どういう……？」

「秘密」

「秘密って……」

もっと尋ねることもできた。けれど、萌々果の笑顔が『これ以上は聞かないで』と言っているように思えて、俺は口を噤んだ。その代わり。

「それから？」

「え？」

「さっきなにか言いかけてたでしょ？　それから、なに？」

俺の言葉に萌々果は顔を上げると、まっすぐにこちらを見つめた。傘に入った状態でお互いに見つめ合うと、思った以上に距離が近くて、反射的に後ろに下がりそうになる。けれど、俺が動けば萌々果が雨に濡れてしまう。後ずさりしそうになる足を必死にこらえた。心臓の音がうるさい。

「もも――」

「それからね、隼都君の前では、ありのままの私でいられるんだ」

「ありのままの、萌々果で？」

はにかむように萌々果は笑う。この姿がありのままだというのなら、普段の萌々果はいったいどんな様子なのだろうか。学校に行けば、見られるのだろうか。

……ほんの少しだけ、学校に行ってみるのもいいかもしれないと、俺は入学してから初めて思った。


その日から待ち合わせのルールを変えた。雨の日は来なくていい。雨の日以外にも、突発的に来られなくなった場合は連絡を入れられるようにメッセージアプリのアカウントも交換した。

死なないように見張るために、連絡先を交換するなんて、なんとも変な感じだった。けれど、萌々果と交わした約束が、過ごした時間が、冷えきっていた俺の心を温めてくれた。

萌々果と過ごす時間は、ひきこもり続けたこの半年よりも遥かに楽しかった。

そんな生活を一ヶ月ほど続けた。

ちょうどその日は修了式で、明日から夏休みのはずだ。なのに、待ち合わせ場所に来た萌々果の表情は暗かった。なにかあったのだろうか。でも、聞かれたくないこともあるかもしれない。

少し迷った結果、俺は萌々果に声をかけた。

「萌々果、大丈夫？」

「あ、ごめんね。私……」

「無理に話す必要はないよ。もちろん話したいならいつでも聞く。ただ、ひとつだけ。無理して笑わないで」

萌々果は少し驚いたように俺を見た。

「どうして、わかるの？」

「わかるよ。これだけ毎日一緒にいるんだから」

楽しそうに笑う萌々果の笑顔が好きだから、嘘の笑顔はすぐにわかる……なんてことは、恥ずかしくて伝えられなかったけれど。それでも萌々果は俺の言葉に嬉しそうにはにかむと「ありがと」と笑みを浮かべる。

「……ちょっとね、学校で少し嫌なことがあって。あ、いじめられたとかそういうんじゃないんだよ。でも少し意見の食い違いとかがあって」

こんな状況でも言葉を選びながら、なにかあったであろう相手にも配慮する萌々果はすごい。でも、本当はこんなとき本音で話してほしいと思ってしまうのは望みすぎだろうか。そばにいたいと思うのは嘘じゃないけれど、本当はあと一歩踏み込んで、頼ってもらえたら、こんなに幸せなことはないだろう。

……好きな子がつらくて悲しいときに、俺のことを求めてくれたら、なんて驕《おご》りだとはわかっている。でも――。

「……隼都君がいたらなぁ」

「え？」

「もし隼都君が学校にいたら、きっと私がつらくなってるときにそばにいてくれるんだろうなって」

寂しそうに微笑む萌々果を見て、胸の奥が締めつけられるように苦しくなる。

俺は今、なにをやってるんだろう。

「……ねえ、萌々果」

「どうしたの？」

「萌々果は、死にたいって思ったこと、ある？」

どうしてこんなことを尋ねてしまったのかわからない。でも唐突な質問は、気づけば俺の口をついて出ていた。

「ないよ」

そんな俺の問いかけに、萌々果はきっぱりと答えた。あまりにハッキリと言われ、動揺してしまう。

「ないの？」

「ないよ」

「一度も？」

「うん」

「どうして」

思わず食い下がった俺をまっすぐに見据えて、萌々果は答えた。

「死んだらなんにもできないから。生きてさえいれば今からなんでもできる。だから私は、死にたいとは思わない」

「そ……っか」

いつもの萌々果とは違う、まっすぐ前を見据えた言葉だった。

それは俺の中にはなかった考え方で、ゆっくりと自分の中で萌々果の言葉を繰り返す。そんな俺に萌々果はふっと笑みを浮かべる。

「なんてね、そう自分に言い聞かせてるだけかも。じゃないとすぐに後ろ向きなことばっかり考えちゃうから」

へへっと笑う萌々果に、俺は首を振った。

「言い聞かせてるんだったとしても、そう思えてるならすごいと思う。俺はつらいことや苦しいことがあると逃げ出したいって思ってしまう。どうして俺ばっかりが苦しまなきゃいけないんだって。弱いだろ」

「そんなことないよ。私だってそう思っちゃうこと、やっぱりあるよ」

「萌々果も？」

萌々果にも、誰にも言えずに苦しんでいることがあるのだろうか。

「そういうとき、萌々果はどうする？」

「……過去を変えることはできないけど、でも今この瞬間から先は、自分の意思でどうにだってできる。だから過去じゃなくて、未来を見るようにしようって、思ってる」

その言葉は、まっすぐに俺の心に突き刺さる。

ずっと見ないフリをして逃げてきた。病気からもサッカーからも、全部。これから先なにがあっても、病気になったという過去とサッカーを諦めることになったという苦しみを背負っていくのだと思っていた。

でもそうではなくて、もしかしたらあるかもしれないこれから先を夢見てもいいのだと、萌々果の言葉が教えてくれた。

「隼都君……？」

黙ったままの俺に、萌々果が心配そうな顔を向ける。だから俺は――。

「ありがとう」

心の底からの感謝の言葉を伝えた。これから先きっとなにがあったとしても、俺は今の萌々果の言葉を忘れることはないだろう。

萌々果と別れ、自宅に帰る。

「ただいま」

「おかえりなさい」

あの日、ずぶ濡れになって帰ってきた俺を見た母親は驚いた様子だったけれど、なにも聞かずに「お風呂入っておいで」と微笑んでくれた。聞かれないのをいいことに、なにも話していない。こうやって毎日夕方になると制服を着て外に出ていくことを不思議に思うこともあるだろうに、なにも言わずにいてくれた。

俺の今の生活は、母親に、萌々果に、いろんな人に甘えて成り立っているんだということから目を背け続けていた。

サッカーだってそうだ。本当に続けたいのなら、今まで通りプレイできなくても続ける手だってあった。でもそれをしなかったのは、俺の心の弱さが、現実から逃げたからだ。

学校からもサッカーからも病気からもすべてから逃げて、挙げ句の果てに死んでしまいたいだなんて、今思うと笑ってしまうぐらい滑稽だ。

でもこうやって思えるようになったのも、萌々果と出会えたからだ。萌々果の言葉が俺の気持ちを変えた。なら今度は、俺が萌々果に寄り添う番だ。

単純だと笑われるかもしれない。それでも、萌々果が俺を求めてくれたことが嬉しかった。自分の居場所ができたような、そんな気がした。

「……母さん」

俺はリビングにいる母親に声をかけた。

「隼都？」

「俺、手術受けるよ」

その瞬間の母親の顔を、俺は一生忘れることができないと思う。


ジリジリとした太陽の光が、レースカーテンを通り越して部屋の中へと降り注がれる。十月になったというのに、秋になる気配はこれっぽっちもない。数日前までは空調の効いた病室にいたせいか、身体がどうにもこの暑さに慣れてくれない。

二ヶ月以上不在にしていたからか、戻ってきて数日が経ったものの自室は妙に居心地が悪かった。

萌々果には、結局手術のことは言わなかった。成功しない可能性が、ないわけではない。それに萌々果の前で可哀想な奴になりたくなかったから。

手術を受けることを決めた日の夜、俺は萌々果に一通のメッセージを送っていた。

『夏休みは親の実家に帰ることになった。また帰ったら連絡する』

萌々果からの返信は『わかった、またね』というあっさりしたものだった。それが萌々果らしくて、笑ってしまった。――入院中、苦しくなるたびにそのメッセージを見返した。『またね』と言ってくれた萌々果に、また会うために。

明日会えたら、萌々果はどんな顔をするだろう。驚くだろうか。喜んで、くれるだろうか。とりあえず、連絡を入れておかなければ。なんて送るべきだろう。

そんなことを考えているうちに、俺はスマホを握りしめたまま寝落ちしてしまっていた。

――翌日、緊張からか目覚ましが鳴るよりも随分前に目が覚めた。準備をしようと思ったもののなにを持っていっていいかわからず、とりあえず自宅にある教科書をすべて詰めたせいでパンパンに膨らんだカバンはずっしりと重かった。

始業式であればなにもいらなかったかもしれないけれど、予想よりも入院が長びいたせいで、気づけば十月も半ばになっていた。

萌々果と会うために何度も着たせいで、真新しくはなくなった制服に袖を通す。初めて会った頃は冬服だった制服は、夏服を経て再び冬服へと戻っていた。数ヶ月の間に少し背が伸びたのか、ダブつきは多少マシになっていた。

慣れたはずの階段を、今日は少し緊張しながら下りていく。家族の誰にも今日から学校に行くということは言っていない。なにか言われるのも嫌だったし、変に騒ぎ立てられるのも嫌だった。

だからといって、急にこの姿でリビングに行くのも……。

階段の一番下の段まで辿り着いたところで、俺の足はまるで棒になったかのように動かなくなった。

怖い。どう思われるのか、怖くて怖くて仕方がない。騒ぎ立てられたくないなんて格好つけているだけで、本当はどういう反応をされるのかが怖くて不安で仕方がなかった。『今さらなにをしに行くの』『好き勝手していいご身分だな』そんな言葉が、頭の中で響き続ける。

いっそ、このまま黙って家を出ようか。どうせ俺が部屋からいなくなったことに誰も気づくわけがない。それなら――。

「……邪魔」

「あ……に、き」

「そんなところで止まってると、進めないだろ」

「なんで……」

朝練があるはずの兄貴が、この時間にどうしてここにいるのかがわからなかった。

「今、テスト前で部活休みなんだよ。うちの学校、二学期制だからさ。そもそももう三年は引退してる時期だからな。俺はたまに身体動かしに行ってるけど」

「あ……そう、なんだ」

うまく返すことができず、口ごもってしまう。すぐ後ろに立ったままの兄貴との距離が気まずくて、俺は階段の端に避けようとした。けれど。

「ってことで、ほら。行くぞ」

「え、ちょっと待って」

邪魔だと言うからてっきり避けろという意味だと思ったのに、兄貴は俺の背中を押すと、そのままリビングへと向かった。

「おはよ」

「おはよ、う」

兄貴の声にこちらを向いた母親が、俺を見て一瞬固まったあと、嬉しそうに微笑んだ。うっすらと目尻に涙が滲んでさえいる。

自分が通してきたわがままを、改めて突きつけられ、糾弾《きゅうだん》されるのが怖くて仕方がなかった。けれど母親は優しい笑みを浮かべるだけで、余計なことは一言も言わなかった。

「――ほら、ふたりともさっさと席に着きなさい。学校、遅刻するわよ」

「はーい。ほら、さっさと座るぞ」

「え、あ……うん」

まるでいつもそうしていたかのように、母親は俺と兄貴に声をかける。俺も戸惑いながら食卓の自分の席に座った。

目の前に置かれたいつもの朝ご飯。――ああ、そっか。鈍い俺はようやく気づいた。これは、あの冬の日の続きなのだと。

病気だと宣告され、それまで生きがいだったサッカーを奪われ、なにもかもがどうでもよくなった。そのとき止まっていた時間が、今ようやく動き出した。

兄貴も母親も、言いたいことはきっとたくさんあるはずだ。でもそれを全部呑み込んで、あの日からようやく抜け出そうとしている俺の背中を押してくれている。

「……ありがとう」

俯いて、食卓の天板に向かって掠れた声で言った言葉。聞こえていたはずなのになにも言うことなく、母親は俺の背中を優しくポンポンと叩いた。

「冷めないうちに食べなさい」

「……うん。いただきます」

今日から学校に行くなんて思ってもいなかっただろうに、当たり前のように用意されている俺の朝食。いつも二階でひとり食べる冷えたおにぎりとは違って温かいそれは、俺のお腹の中だけじゃなく、心の中まで温めてくれるようだった。

「行ってきます」

兄貴と並んで家を出る。

俺の通う高校よりも、兄貴の学校の方が少し遠い。徒歩で通学する俺とは違い、兄貴は庭にとめていたマウンテンバイクに跨《また》がった。

「ひとりで大丈夫か？」

「……大丈夫だよ。子どもじゃないんだし」

不安がまったくないと言えば嘘になる。けれど、それ以上に萌々果のそばにいてあげたかった。俺にできることなんてなにもないのかもしれないけれど、萌々果がそれを望んでくれたから、どうしても叶えたかった。

「そっか。まあ、無理すんなよな。なにかあったら母さんでも俺でもいいからすぐに連絡しろよ」

そう言い残すと、ペダルに乗せた足に力を込め、兄貴は颯爽《さっそう》と走り去っていった。

ひとり残された俺は、小さく息を吸い込むと腹に力を入れて歩き出した。中学のときとは真逆の方向に歩いていく。それは萌々果に会うために何度も何度も歩いた道のりだった。

踏切のところまで来たとき、無意識のうちに萌々果の姿を探してしまっていた。いるわけがないのに。

そういえば、萌々果は隣の町の中学だと聞いていたけれど、家はどこなのだろう。あの日どうしてこの場所にいたのだろう。

二ヶ月間ほとんど毎日のように会っていたのに、俺は萌々果のことをなにも知らない。これから、知っていけるだろうか。……いけると、いいな。

しばらく歩くと、自分が着ているのと同じ制服姿の生徒が増えてきた。もうすぐ学校だ。

受験の日に行ったきり、一度も足を踏み入れていない校舎に、今から向かう。正直なところ、不安はたくさんあった。でも、その不安を上回るぐらい、萌々果に会いたかった。

校門をくぐり、昇降口から校舎へと入る。教室はたしか二階だったはずだ。昨日の夜読んだパンフレットに書いてあった見取り図を必死で思い出すと、俺は教室へと向かった。

もうすでに教室にはたくさんの生徒が来ているようで、ドアを開ける前から話し声が聞こえてくる。さあ、覚悟を決めろ。

そんなに大きな音を立てたつもりはなかったけれど、思ったよりも勢いよく教室のドアが開き、生徒がこちらを向いた。

「え？　誰？」

「転校生？」

ヒソヒソと話す声が聞こえる中、聞き慣れた声が俺に声をかけた。

「隼都君……？」

「萌々果」

「え？　嘘、わ、ホントに？　え、ビックリしちゃった。あ、隼都君の席、こっちだよ。言ってくれたら、途中まで迎えに行ったのに」

俺を見つけて、驚きながらもはしゃいでいる萌々果の様子に、喜んでくれているのだろうかと少しだけ浮かれそうになる。

けれど、はっと気づいたように辺りを見回したあと、いつもとは違って、どこか違和感のある笑みを浮かべた。なにか変だ、と思いながらも、その正体がわからないまま、俺は萌々果の方を向いた。

「別に、小学生じゃないんだからひとりで来られるよ」

虚勢を張ってみせるけれど、萌々果がこうやって声をかけてくれたことに、心の底から安堵していた。

異質な存在を見るかのような視線が、教室のあちこちから俺に突き刺さるのがわかる。

でも――。

「萌々果、その人って」

萌々果の友人だろうか。窓際にいた女子のひとりが、俺と萌々果を見比べるようにして、それから恐る恐る萌々果に尋ねた。

「蔵本隼都君だよ」

「あ……そう、なんだ」

俺と親しそうに話す萌々果にまで訝《いぶか》しげな視線が向けられていることに、気づかないわけがなかった。

「萌々果、蔵本と知り合いなの？」

先ほど尋ねた女子の隣で、席に座ったままこちらを見ていたポニーテールの女子が語気を強めて言う。そんな友人らしき女子に、萌々果は困ったような笑みを浮かべた。

「ほら、私学級委員だからさ。蔵本君が登校してきたら頼むなって下浦先生から言われてたんだ」

「あー、それで」

萌々果の言葉に納得がいったのか「なら仕方ないよね」なんて言いながら肩をすくめていた。その様子に萌々果はホッとした表情を浮かべたあと、俺を振り返り「ごめんね」と囁いた。

おそらく、以前からの知り合いであることを隠したことを言っているのだろうけれど、別になんてしていなかった。と、いうか俺と知り合いだったことがわかって、萌々果が変な目で見られる方が嫌だった。

俺は小さく首を振ると「席ってどこ？」と、わざと素っ気なく尋ねる。そんな俺に、また先ほどの女子たちは不満げになにか言っていたけれど、もうどうでもよかった。

萌々果に教えてもらった席は、廊下側から数えて二列目の一番後ろの席だった。ひとつ前の席は――。

「萌々果？」

当たり前のように前の席に座る萌々果に驚きを隠せなかった。どうやら、俺の席は一番後ろの欄外のような位置にあったようで、ちょうどいいからと萌々果の後ろに持ってきてくれたらしい。

「や、でも。いいの？」

移動させて〝いいの〟なのか、俺と親しげにして〝いいの〟なのか、自分でもわからない。そんな俺に萌々果は「大丈夫だよ」と笑いかける。

やっぱりその笑顔に違和感を覚える。俺の知っている萌々果であって、萌々果じゃないような。笑っているはずなのに、全然楽しくなさそうに見えるのは、どうしてだろう。

その日、一日授業を受けたけれど、萌々果以外で俺に話しかけてくる人間はいなかった。まあそんなもんだろうと思うし、むしろ変に気を遣って話しかけられる方が面倒だったからよかったぐらいだ。

帰りのホームルームが終わり、さっさと帰ろうと思っていた俺に、萌々果は振り返った。

「ねえ、蔵本君。学校の中、案内しようと思うんだけどこのあと暇？」

時計は十六時五分前。俺が忙しくないことなんて、わかりきっている上での誘いだった。

「俺は暇だけど、山瀬さんは？　忙しくないの？」

わざとらしく名字で呼ぶ俺に、萌々果はクスッと笑った。

「萌々果でいいよ。私も暇だから、よければ案内させて」

「俺も隼都でいいよ。……じゃあ、お願いしようかな」

白々しいやりとりを、笑いをこらえながら交わす。萌々果もどこかイタズラっ子のような顔で笑っていて、その表情は――。

「どうしたの？」

「ん？　やっといつもの萌々果に会えたと思って」

何気なく言った俺の言葉に、萌々果は驚いたように目を開き、そして寂しそうに笑った。

「もも……」

「じゃあ行こっか」

俺が名前を呼ぶよりも早く、萌々果はカバンを持って立ち上がると教室を出ていく。慌ててそのあとを追いかけて隣に並ぶ。結局、先ほどの表情の意味を聞くことはできないまま、俺たちは放課後の学校の中を歩いた。

「四月のオリエンテーションのときは全部の教室を回ったんだけど、私たちが普段使わないところもたくさんあるから、必要なところだけ教えるね」

効率的な萌々果の言葉に頷くと、窓硝子に映る自分たちの姿が目に入った。いつもこの時間はお互いに制服姿で一緒に過ごしていたけれど、こうやって学校の中を歩くと少し違った空気が流れている気がする。

「――この美術室で最後だよ」

三階廊下の突き当たりにある美術室。ここで案内は最後だった。

「ありがと。あとはまあ通いながら追い追い覚えていくよ」

「ってことは、明日以降も学校に来るんだ？　偉い！」

「……萌々果が言ったんだろ。夏休み前にさ。俺が学校に来てくれたらなって。忘れちゃったのかよ」

「え……？」

萌々果は驚いたように目を見開くと、俺を見つめた。

「私が、言ったから？」

「……なんだよ、来ない方がよかったの？」

「そうじゃ、ないけど。そっか、それで来てくれたんだ」

目を伏せて、萌々果は黙り込んでしまう。別に喜んでほしかったわけではないけど、こんなふうになんとも言いがたい態度を取られてしまうと、どうしていいかわからなくなる。いっそ、冗談だと言ってしまおうか。その方が格好悪くないかもしれない。

「じょ――」

「ありがとう」

「え？」

「すっごく嬉しい。ありがとう」

顔を上げて笑みを浮かべる萌々果の目尻が、少し濡れたように光っているのが見えて、俺はなにも言えなくなった。

「夏休み明けても連絡ないし、約束の場所にも来ないからもう私のことなんて忘れちゃったのかと思ってた」

「……ごめん、親の実家にいたんだけど思ったより長びいてさ」

「そっか。田舎はどうだった？　楽しかった？　いいなー、私のところそういうのないからさ」

純粋に言う萌々果に、俺は苦笑いを浮かべる。本当のことを言うことなんてできない。でも、嘘もつきたくなくて曖昧にごまかす俺に、萌々果は不思議そうな顔をした。

「隼都君？」

「あ、いや。別に」

言葉に詰まった俺に、萌々果は背中を向けた。まるでなにかを隠そうとするように。

「……今日ね、隼都君がいてくれたから、久しぶりに学校が楽しかったんだ」

「そうなの？　でも、萌々果は友達もたくさんいて、クラスでも慕われてたし、楽しかったんじゃあ……」

いや、違う。クラスメイトは萌々果と話して楽しそうではあったけれど、萌々果自身が楽しそうだったかと言われれば、俺は頷くことはできない。だって、萌々果は始終、まるで笑顔の能面を貼りつけたかのような、そんな表情を浮かべていたから。

背中を向けた萌々果は、今どんな表情をしているのだろう。

「……学校、楽しくないの？」

「楽しくないわけじゃないんだけど……。どうしても、いい子でいようと頑張っちゃって」

また〝いい子〟だ。萌々果の言う〝いい子〟とはいったいなんなんだろう。誰の言うことでも聞いて、優しくて、いつも笑顔で？　そんなの。

「萌々果がしんどいだけの〝いい子〟の仮面なんて外しちゃえばいいんだよ。自分を苦しめるだけの仮面なんていらないよ。萌々果は萌々果のままでいいんだ」

「……ありがとう」

俺の言葉が、萌々果に届いたかどうかはわからない。でも、ほんの少しでいいから、萌々果の苦しさに寄り添ってあげられたら、そう思わずにはいられなかった。

どちらからともなく、校舎をあとにした。もうすっかり日が暮れかかっている。秋の終わりが近づき、やがて冬が来る。今は赤や黄に色づいている校庭の木々も、そのうち葉が落ち始めるのだろうかと思いながら視線を向けると、運動場が目に入った。紅白戦をしているようで、ビブスをつけているチームと体操服だけのチームが競り合っていた。

「サッカー、好きなんだね」

「え？　あ……」

気づけば足を止めて見入ってしまっていたようで、隣に並んだ萌々果は俺の視線を追いかけるように運動場を見つめていた。

「ごめん、俺……」

「ううん、時間あるし少し見てく？」

「あ……。ううん、いいや。帰ろうか」

視線を剥《は》がすようにして歩き出した俺の隣を歩きながら、萌々果は先ほどと同じ言葉を繰り返した。

「サッカー、好きなんだね」

「……好き、だった」

「今はもう好きじゃないの？」

「…………」

その問いに、俺はどう答えていいのかわからなかった。嫌いになったかと言われれば、そんなことはないと否定できる。でも今も好きかと言われたら……。手術をして、日常生活を送ることさえ、頑張らなければできない自分の足へと視線を向ける。

「もうできないのに、好きでいたって仕方ないからさ」

「もうできないって、どうして……」

俺はブレザーのズボンをたくし上げると、まだ手術跡の残る膝を萌々果に見せた。

萌々果が息を呑んだのがわかった。

「それ、は……」

「病気でさ。日常生活は送れるけど、サッカーをするのはちょっと、ね。だから……」

「た、たとえば指導者とか！」

「萌々果？」

「えっと、それから……それから……」

必死になにかを伝えようとしてくれる萌々果に、俺は首を傾げた。

「萌々果？　どうしたの？」

「あの、えっと、だから」

拳をギュッと握りしめると、まっすぐに俺を見つめた。

「好きだったものを、嫌いにならなきゃいけないのは……すごく、すごくつらいことだと思う。でも、サッカーが好きなら、サッカーをすることはできなくても、サッカーに携わる仕事はあると思って……」

「それ、は」

萌々果の言うことはすべて正しい。正論だ。サッカーが好きなら、インターハイに行けなくても他の場所で続けることだってできる。指導者になって誰かを教えることも、マネージャーとして支えることも、できる。でも――。

「綺麗事だっていうのはわかってる。でも、私には隼都君がサッカーを本当に嫌いになったようには、見えなくて……」

「……っ」

必死に言葉を紡ぎ出す萌々果の姿に、胸が締めつけられた。他人の俺のために、こんなにも真剣に考えてくれるなんて……。

「……お節介」

ぽつりと呟いた言葉に、萌々果がサッと顔色を変えるのがわかった。

「ご、ごめんなさい」

「冗談だよ。でも、どうしてそう思ったの？」

「……さっき私が言ったみたいなことはきっと隼都君だって理解してるってわかってるの。でも、あの、今の隼都君が、どうしても納得できなくてまるで沼に足を取られたように、その場から動けずにいるみたいに見えて……」

「そ……っか」

もしかして萌々果は、俺の心が読めるのだろうか。俺の今までを見てきたのだろうか。そんなふうに錯覚しそうになるぐらい、萌々果にはすべてがお見通しだった。

「変わることってすごく難しくて、立ち止まることの何倍も、勇気や気力がいる行為だと思うの」

「俺も、そう思う」

「でもね、私も変わりたい。今の大嫌いな自分から変わるために、一歩踏み出したいって思ってる。だから……隼都君さえ嫌じゃなければ、一緒に変わってもらえると嬉しい」

萌々果は俺に手を差し出すと、はにかむように笑った。それはいつもの、俺が好きになった笑顔だった。

差し出された萌々果の手をそっと握り返す。好きだと言ったわけじゃない。好きだと言われたわけでもない。けれど、今この瞬間、気持ちが通じ合った気がした。


学校に通うようになって、一日が短く感じるようになった。最初こそ遠巻きにしていたクラスメイトも、一部を除いて意外と普通に話してくれるようになった。

別に、友達を作りに学校に行っているわけじゃないからどうでもいいと最初は思っていたけれど、クラスに話ができる奴がひとりでもふたりでもいるのは、思ったよりも悪くない。そう言う俺に萌々果は「素直じゃないなぁ」なんて笑っていたけれど。

萌々果と過ごす時間が増えれば増えるほど、どんどん萌々果への気持ちが大きくなった。もちろん、喧嘩をするときだってあったし、泣かせてしまうこともあった。それでも、いつだって隣に萌々果はいてくれた。俺も萌々果のそばにいた。

萌々果のアドバイスを受けて、指導者について調べたり近くの公民館でやっていた障害者サッカーのチームを見学に行ったりもした。けれど、どうしてもあと一歩が踏み出せず、結局チームに入るのはやめた。

なにか言われるかと思ったけど「それもまた隼都君の選択だからいいんだよ」と萌々果は微笑んでくれた。

萌々果のおかげで毎日が楽しかった。こんな毎日が続いていくのだと思っていた。

――あの日、再発、そして余命宣告をされるまでは。


年末から微熱が続くことが多くなった。怠さで起き上がれない日もあった。身体の至るところが、悲鳴をあげていることに気づいていた。見て見ぬ振りをしていただけで。身体の異変に目を向けるのが恐かった。

年が明けてすぐ、定期検診があった。平日だったが、たまたま創立記念日と重なり、学校は休みだった。

『せっかくの休みだから、萌々果と一緒に出かけたかった』

そう口を尖らせた俺に、『終わったらふたりで出かけようか』と照れくさそうに笑ってみせた萌々果の姿を思い出して、口の端が緩むのを必死にこらえた。

簡単に準備をすると、俺は母親と一緒に自宅近くにある総合病院へと向かった。

子どもの頃からお世話になっている病院で、風邪を引いたときも骨が折れたときも、目の上を切って縫合することになったときも、それから――骨肉腫の診断も、いつもここだった。

朝早かったこともあり、院内にはまだそこまで人はおらず、早めに診察室へと入ることができた。

「よし、じゃあさっそく検査していこうか」

中学に上がったのをきっかけに小児科から内科、外科へと移動になり、それと同時に担当医も変わった。祖父のような年齢だった小児科の担当医とは違い、外科の担当医は両親よりも若いぐらいの年齢に見えた。

いつものように始まった検査は、いつも通り終わると思っていた。なのに――。

「……まずいな」

担当医が手元の紙とレントゲン写真を見ながら眉をひそめて言った。なにがまずいのかわからない。けれど、医師の声のトーンと表情から、嫌な予感がした。

その後、予定にはなかったさまざまな検査が一気に行われた。しかし結果を見るたびに医師たちの表情は険しくなり、顔色は悪くなる。ただ俺だけが、状況についていけず取り残されていた。

朝から来ていた病院を出たのは夕方のことだった。途中、出かける約束をしていた萌々果には急用ができたと連絡をしておいた。

真っ青だった空は、あかね色に染まり、カラスの鳴き声が聞こえてくる。

一日がかりで行った検査の結果、険しい表情をした医師が告げたのは、残酷な現実だった。

「再発です。それから、おそらく肺にも転移を」

真っ白な診察室で、医師は今の俺の病状について語る。どれぐらいひどい状態なのかを。

母親は口元を両手で押さえ、悲鳴をあげるのをこらえているかのようだった。俺はというとまるで他人事のように説明を聞いていた。

「今のままだと……もって三ヶ月です」

呆《ほう》けたままの俺をよそに、母親と医師の話は続いていた。なんとなくわかったのは、治療をしなければ三ヶ月で死ぬだろうということ。それから、治療をしたところで絶対に助かるとは言えないということだった。

「サッカーをしていたとのことで、体力と精神力のおかげでしょうか。本当ならとっくに倒れていてもおかしくないような数値だったんですよ。今こうやって立っていられるのが奇跡なぐらいです」

「そんな……っ」

ショックを受ける母親に医師が説明をしている間に、俺は診察室から飛び出した。

「隼都!?」

診察室の中から、俺の名前を呼ぶ母親の声が聞こえたけれど、足を止めることはなかった。

貧血がひどいと言っていたが、そのせいだろうか。少し走るとすぐに息が上がる。それでも俺は走り続けた。行く当てなんて、どこにもないのに。

「はあ……はあ……」

気づけばあの踏切にいた。初めて萌々果と会ったあの踏切に。あのときはなかなか鳴らなかったカンカン……という警報音が聞こえてくる。あの日、あんなにも死にたいと思っていた俺なのに、今は死ぬのがこんなにも怖いなんて。

遮断機が赤と黒に交互に光りながら鳴るその音を聞いていると、無性に萌々果に会いたくなった。今頃、家にいるだろうか。

俺は重くなった足を必死に動かして、萌々果の自宅に向かって歩き出した。

歩きながらも、頭の中はさっき医師から言われた言葉がグルグルと回り続ける。このままならあと三ヶ月で死んでしまう？　本当に？　手術は成功したって言っていたのに？　どうして俺が。なんで。まだ、死にたくない。

考え事をしながら歩いていたのが悪かったのかもしれない。気づいたときには、俺の身体は誰かに勢いよく突き飛ばされていた。

「え……？」

尻餅をついた俺の耳に聞こえたのは、耳を劈くような破壊音、そして――。

「萌々果！」

目に飛び込んできたのは、血を流しぐったりと倒れ込んでいる萌々果の姿。

なにが起こったのかまったく理解ができなかった。必死に這うようにして萌々果のもとへと向かう。少し離れたところに、電柱にぶつかるようにして止まった車から、男の人が転がり出てくるのが見えたけれど、気に留める余裕なんてなかった。萌々果の身体を必死に抱き起こすと、何度も何度も名前を呼んだ。

「萌々果！　萌々果！」

「……ぁ」

微かな吐息とともに、呻くような声が聞こえる。けれど、その目が開くことはなかった。なんで、どうして萌々果が。

「萌々果！　ダメだよ！　なんで俺なんか庇って……。どうせ俺は三ヶ月で死ぬんだ。だったら今死んだって一緒なんだよ。だから萌々果が死ぬ必要なんてないんだ！　ねえ、萌々果！　萌々果ってば！」

どれだけ名前を呼んでも、萌々果が返事をすることはない。それどころか俺の腕の中にある身体から、だんだんと力が抜けていく。微かに聞こえていた吐息も、もうほとんどわからない。

「萌々果！　萌々果！」

こんなことなら萌々果に会いになんて向かわなければよかった。病院を飛び出さなければよかった。あの日——萌々果と、出会わなければよかった。

たくさんの後悔が心の中に降り積もっていく。

どうして、余命宣告を受けた俺じゃなくて、萌々果なんだ。萌々果のおかげで生きるのも悪くないと思えるようになったのに、その俺のせいで萌々果が……。

ギュッと抱きしめる萌々果の身体から、どんどん血が流れていく。動かなくなった身体を抱きしめながら、名前を呼び続ける。泣きながら、叫びながら。

遠くから、救急車の音が聞こえた。けれど、もう間に合わないことは明白だった。

「——おい」

それでも、もしかしたら。病院に行けばなんとかなるかもしれない。

「おいって言ってんだろ」

わずかな希望に祈りながら萌々果の身体を抱きしめ続ける俺の耳に、誰かの声が聞こえた。

「……え？」

顔は萌々果を見つめたまま視線だけ声がする方に向けると、そこには真っ黒な喪服のようなスーツに身を包んだ、長身の男が立っていた。二十代半ばにも、もっと年上にも見えるその男は、三日月のような笑みを貼りつけてこちらを見下ろしていた。

「ああ、やっと気づいたか」

「……なに、あんた」

「俺か？　俺は神様だ」

「かみ、さま？」

なんだそれ、と思ったけれど今はこんなよくわからない奴に構っている暇はなかった。

救急車はまだ来ないのだろうか。

どうやら萌々果を轢く前に外壁へ車をぶつけられたらしい民家の住人が、どこかに電話をしながらわーわー言っているのが見えた。そんな暇があるなら救急車を――。

「……って、あんた、何やってるんだよ」

不意に視線を向けると、男は萌々果のそばにしゃがみ込み、手を翳そうとしていた。

「なにって、仕事だよ仕事」

「はあ？」

理解できずにいる俺に、男は神様の仕事で萌々果の命を持って行くのだと、当然のように言った。

「意味わかんないこと言うなよ！」

「いやー、まあわかってもらおうとは思わないけどね。人間にわかってもらう必要なんて全然ないし。んじゃまあ、そこどいてもらって命をもらおうかなっと」

「渡さない！」

叫ぶように言うと、俺は萌々果の身体をギュッと抱きしめた。萌々果から流れ出た血で服が汚れることなんてこれっぽっちも気にならなかった。それよりもどうにかして萌々果のことを守りたかった。

「お前、その娘のことがよっぽど大事なんだな」

男はおかしそうに言う。萌々果のことが大事だって？　なにを当たり前のことを言っているんだ。

「だったらなんだよ。お前には関係ないだろ」

「いや、関係ある。俺は神様だって言っただろ。今からその娘の魂を回収するんだ」

「……は？」

ようやく顔を上げた俺に、男は口角をさらに上げ、ニヤリと笑った。

「なに言ってるんだ、お前」

「なにって、俺の任務内容だよ。その娘の魂を抜いて連れていく。そのために俺は来た――んだけど、ちょっと気が変わった」

わざわざ俺と視線を合わせるようにしゃがみ込むと、男は楽しそうに「なあ」と口を開いた。

「彼女が生きているときに戻してやろうか」

意味がわからなかった。時間が戻るわけがない。現に今、こうやって俺の手の中で萌々果の命の灯火は消えようとしている。いや、先ほどから動かないところをみるとすでにもう――。

「……っ」

萌々果の身体を強く抱きしめる。そんな俺を見て、男は楽しそうに笑った。

「どうだ？　悪い話じゃないだろ？　彼女が生きているときに戻りたくないのか？」

戻りたく、ないわけがない！

「本当に、戻してくれるのか？」

「ああ、もちろん。――ただし、無償ではないけどな」

「金を取るのか？」

金で萌々果が生き返るのなら、いくらでも払ってやる。そう思って睨みつけた俺を、男は鼻で笑った。

「金なんていらねえよ。俺らが金なんてもらったってなんの意味もないからな」

「じゃあ、なにを……」

「お前の余命」

「余命?」

「そうだ。戻してやる代償として、お前から余命をもらう。どうだ? 怖いならやめておくか?」

　おかしそうに男はくつくつと笑う。けれど、笑いたいのは俺の方だった。どうせ死ぬしかないのなら、萌々果を助けられる方がいい。俺の余命を使って、萌々果が死ぬのを防いでやる。……萌々果が、俺が死ぬのを邪魔してくれたように。

「いいや、やる」

「へえ。いい度胸じゃないか。それじゃあ契約成立だ。お前の余命分だけ、時間を戻してやる」

　男が言い終わるのが早いか、俺はその場で意識を手放した。

「……って、なんだお前。全然余命残ってねえじゃねえか」

　遠くなる意識の向こうで、舌打ちをしながら言うのが聞こえた。

「たった三ヶ月って……ああ、もういい。お前が戻るのは今から一〇〇日前だ。代償に足りない分は、周りの人間からお前の記憶を吸い取ることで勘弁してやる。そうだな、吸い取る期間は、お前がこの子と出会ってから今日までと同じ日数だ」

　記憶を、吸い取る――?

疑問はもう、口をついて出ることはない。

「戻った先では、周りの人間からお前と過ごした思い出は、綺麗さっぱり消えている。これから始まるのは、お前の余命と、それからお前の大事な人たちから吸い取った記憶でできた、奇跡の時間だ」

悪態をつく神様の声を聞きながら、俺は今度こそ真っ暗闇に吸い込まれるように意識を失った。


——目が覚めると、自分の部屋にいた。スマホを確認すると、十月十日。ちょうど一〇〇日前だった。

——そして、俺は萌々果と再会した。俺との五ヶ月間を、忘れてしまった君と。

神様だって名乗ったのは、命を賭けた課題ならきっと渋々だったとしても取り組んでもらえると思ったから。ただの俺じゃ、ダメだと思ったから。

君に変わってほしかった。君がなりたかった君になる、手助けをしたかった。それが俺が君に渡せる最期の贈り物だと思った。

結果的に嘘をついてしまったって知ったら、萌々果は怒るかな。でも、今の君はあの頃の萌々果がなりたかった、変わりたかった姿に、きっとなってるよ。

泣きじゃくる萌々果の姿がうっすらと見えた。

悲しませてごめん。泣かせちゃってごめん。

「も……も……」

「やだ……こんなの、こんなの嫌っ！」

俺から流れる血のせいで汚れることも気にせず、抱きしめ続ける萌々果の顔は、涙でぐちゃぐちゃになっていた。

ああ、これで萌々果を助けることが、できた。

ねえ、萌々果。きっと君は怒ると思うけど、俺の最期のわがままを聞いてほしい。

「――幸せに、生きて」

そう呟いた俺の言葉は、萌々果に届いただろうか。

第八章

「――……に、生き、て……」

最後の力を振り絞るようにして隼都君はそう言うと、私の腕の中で動かなくなった。

溢れる血は止まることはない。比例するようにして、顔色がどんどん白くなっていく。

かろうじて保っていた実体も、どんどんと薄れていく。

「はや、と……く……う、うう……」

もう動くことのなくなった隼都君の身体を、私は抱きしめ続けた。

「――おい」

そんな私の耳に誰かの声が聞こえた。でも、その声を気にしている余裕はなかった。

ただ腕の中でもう動かない隼都君の身体を抱きしめることしかできなかった。

「おいって言ってんだろ。ったく、お前らはふたり揃って俺を無視するのか」

「え……？」

男の言葉に違和感を覚え、私は顔を上げた。『お前らは』って、まさか。

そこにいたのは、まるで喪服のような真っ黒のスーツに身を包んだ男だった。三日月のような口角を上げた口元、光のない吸い込まれそうなほど黒い瞳。それは、隼都君が会ったという男と同じ姿をしていた。

「神様……？」

「ん？　俺のことを知ってるのか？　ああ、そこで死んでるそいつから聞いたのか」

「死んでなんかない！　隼都君は助かる！　変なこと言わないで！」

男の言葉を否定する私に、男はおかしそうに笑った。

「ああ、たしかにまだ死んでないな。もうあと数分の命だ。その命が尽きたら、俺が魂を持っていく。そういう契約だからな」

「やだ！　やめて！　そんなことしないで！　お願いだから、隼都君の魂を連れていかないで……！」

何度も何度も頭を下げた。そんな私に、男は小馬鹿にしたように笑う。

「こいつも馬鹿だよな、あのときお前を助けることを選ばずに、治療していればもう少し生きられたものを」

そして、なにかを思いついたように「ああ、そうだ」と呟いて、口の端を上げた。

「お前の余命をこいつにやるか？　もともとはお前の魂を取りに来たわけだしな。俺は、持って帰れるならどっちでもいいぞ。ああ、俺ってなんて優しいんだろうなぁ」

さもいいことを言ったとばかりに男は笑った。そんな男の前で、私は今投げかけられた言葉の意味を理解しようと必死だった。

私の命を差し出して、隼都君を助ける……？　私の命と引き換えに隼都君が助かる？　私を、助けてくれたように……。

それで隼都君が助かるのなら、その方がいいのかもしれない。そもそも本当なら、ここで死んでいたのは私だった。当初の予定通り、私が死ねば、隼都君は助かる。

「私の、命を――」

持っていって。そう答えようとした瞬間、私の脳裏にさっきの隼都君の言葉がよみがえる。

『幸せに、生きて』

隼都君は私が生きることを望んでいた。もし今ここで私が自分の命を差し出したとして、それを隼都君は喜ぶだろうか。

それに……。

私は腕の中の隼都君の頬に触れた。血がついて、もう微動だにしない頬に。

胸が張り裂けそうなほど、苦しくて痛い。私のために、隼都君が命を差し出した。

それはかつて、未来の私が隼都君に味わわせてしまった苦しみだった。

この苦しみを、もう一度隼都君に……?

隼都君を苦しませたいわけじゃない。悲しませたいわけじゃない。

だから。

「それは、できない」

その答えが本当に正しかったのか、自信はない。口にした瞬間から、後悔が私を襲っていた。

目の前の神様も私の答えに一瞬驚いたような表情を見せたあと、嫌みな表情で笑ってみせた。

「へえ？　まあそうだよな、他人の命より自分の命の方が大事――」

「私は、私のために隼都君が自分の余命を使ったって聞いて、すごくすごくつらかった。そんな思いを隼都君にさせたくないし、隼都君が守ってくれた命を勝手に懸けたくない」

「綺麗事だな」

眉をひそめ、鼻で笑う。でも、この人にそう思われてもどうでもよかった。

「綺麗事でもいい。私は、隼都君が生かしてくれた命を大事にしたいから。隼都君が自分の命を懸けてまで作ってくれた一緒に過ごした時間を、無駄にはしたくないから」

「じゃあ、それでいいだろ。その代わり、隼都とやらは生き返らない。それだけだ」

「それ、は……」

私は唇を噛みしめた。うっすらと滲む血で、口の中に鉄の味が広がる。

このままこの男の言うことを突っぱねれば、もう二度と隼都君には会えない。でも……。

黙ったまま動くことのできない私に、男は目を細めにんまりとした笑みを浮かべた。

「ならこういうのはどうだ？　お前はこいつの魂と同等のものを俺に渡す。俺は優しいからな。魂を回収できなくなるが、それで手を打ってやる」

「魂と、同等のものなんて……」

「あるだろ？　命と同じぐらい、大事なものが。なくしたくないって思うぐらい大切なものが。知らない間に、お前が失ったなにかが」

私の命よりも大事なもの。隼都君の魂と同じぐらい価値のあるもの。男が言いたいことの意味がわかった気がした。

「……記憶？　隼都君と、過ごした時間……？」

それから——両親や、友人たちと向き合った時間。それをすべて。

「そう。この一〇〇日、お前が隼都と過ごした期間の記憶と引き換えに、こいつから奪った余命を返してやる。まあ返したところで三ヶ月しか生きられないからな」

「それでも、三ヶ月の時間で治療すれば、その先はなにかが変わるかもしれない。未来なんて誰にもわからないんだから！　そうでしょ!?」

「……はっ。俺は知らねえから好きにしろよ。で、どうするんだ？　差し出すのか？」

腕の中で、もう動くことのない隼都君の身体を抱きしめる。もう二度と、こうやって抱きしめることも触れることもないかもしれない。でも、それでも、私は隼都君に生きていてほしい。

躊躇うことなんて、ひとつもなかった。

「全部持っていって。私の中の隼都君への想いも記憶も、過ごした時間も、ひとつ残らず」

「へ、愁傷《しゅうしょう》なことで。じゃあ遠慮なく」

男は右手を私に向けると、頭にのせた。

その瞬間、まるで頭の中から引きずり出されるようにして、隼都君と過ごした日々が思い出される。屋上で初めて会ったときのこと、一緒に学校から帰ったこと、ふたりで海を見に行ったこと。つらいときも楽しいときも、いつも隼都君は私のそばにいてくれた。

大好きだった。大好きで、大切で、かけがえのない存在。

うん、これから先も――。

「これで全部だ」

私の頭から手を離すと、右手で作った拳をギュッと握りしめた。

「へえ」

男はおかしそうに笑う。

「お前のこいつへの想いが大きすぎて、奪った分じゃ釣り合わねえな」

「どういう、こと?」

「三ヶ月どころじゃなくて、もっとたくさんこいつに命を注いでやらなきゃいけないってことだ」

「つま、り」

回りくどい言い方に、うまく回らない頭で必死に考える。

「三ヶ月じゃなくて、もっともっと長く生きられる、ってこと……？」

「そうかもしれないな。未来は変えられるんだろ？」

男の言葉に、私は思わず口を押さえる。どうしよう、言葉にならないぐらい、嬉しい。

「よかった……本当に、よかった……。——あれ？」

溢れる涙を拭おうとして、ふと違和感を覚えた。男は私からすべて吸い取ったはずなのにどうして——。

「どうして私は、隼都君のことを覚えているの？」

「それは記憶の残滓《ざんし》だ」

「残滓？」

「残りかすってことだ。飲み干したグラスの中に水滴が残っているようなものだ。やがて気化して消えていく。……それじゃあ今度はこいつの番だ」

男は反対の手のひらを隼都君の頭に置いた。そして、手のひらから溢れ出た光が、隼都君の中へと注ぎ込まれた。薄れていた身体が、実体を取り戻していく。

「ん……あ……。なん、で……」

うっすらと目を開けた隼都君は、すぐそばで顔を覗き込む私に気づいて、驚いたように目を瞬たせた。

「俺……どうし、て……」

戸惑ったまま身体を起こす隼都君に、私はなんて伝えていいのかわからなかった。けれど、そんな私をよそに、神様を名乗る男は半笑いで口を開いた。

「お前を生き返らせるため、お前と過ごした期間の記憶を全部、俺に差し出したんだ」

「なっ……！」

「なんで……！」

私と、隼都君の声が重なった。

「どうして言うの!?」

「黙ってろ、なんて言われてないからな」

「萌々果！　なんで、どうしてそんなこと……。だって、俺と過ごした期間ってことは、ご両親との時間も、友達との時間も、全部消えてしまうってことだよ!?」

隼都君は驚いたような表情で私を見つめる。私はそっと息を吐き出して、それから隼都君の手を握りしめた。

「すべてを忘れたとしても、隼都君に生きていてほしかった」

「そんな……勝手に……。そうだ、今からでも取り消してもらえば……！」

「一度結んだ契約は解除できないな」

後ろから茶々を入れるように言う神様を、隼都君はキッと睨みつける。でも、私は静かに首を横に振った。

「取り消せたとしても、取り消さないよ。……それに、隼都君だって、私になにも言わず、自分の余命を使ってまで助けに来たでしょ？　それと同じだよ」

そう言われてしまうとなにも言えないのか、隼都君はぐっと黙り込む。私は小さく笑うと、隼都君に告げた。

「隼都君のことを忘れてしまうけど、隼都君への気持ちも忘れてしまうけど、それでもまたきっと隼都君のことを好きになるから」

「萌々果……」

「一〇〇日間、たくさんの思い出をありがとう。私は、隼都君のことが、すごくすごく大好きでした」

「萌々果！」

「さよなら、隼都君」

涙でぐちゃぐちゃになった顔で、私は満面の笑みを浮かべ——そして、そのまま意識を失った。

エピローグ

廊下からもわかるぐらいにざわついた教室。少しだけ緊張しながら私は、三週間ぶりにそのドアに手をかけた。

「あー！　萌々果！」

私の姿にいち早く気づいた楓が、教室の端から手を振った。その声に、他のクラスメイトも私の姿に気づいたようで「久しぶり！」「もう身体は大丈夫？」と口々に声をかけてくれた。

「ありがと、もう大丈夫だよ。あ、ねえ。もしかして席替えした？　私ってどこの席？」

「萌々果はそこ。窓際の前から二番目だよ」

楓にお礼を言いながら、私は言われた席に座る。ひとつ前の席は男子のようで、こちらを振り返ることなくずっと正面を見つめていた。

「それにしてもついてないよね。新学期早々、インフルエンザに罹《かか》るなんて。しかも悪化したせいで入院までしてたんでしょ？」

「熱、高かったって聞いたけど大丈夫？」

楓も咲葵も心配そうに声をかけてくれるけれど、私は「大丈夫だよ」と曖昧に笑うことしかできなかった。

インフルエンザで入院、というのは半分本当で半分嘘だ。

創立記念日の日、謎の高熱で倒れた私は、救急車で病院に運ばれた。数日間高熱にうなされはしたけれど、一週間が過ぎる頃には随分とマシになっていた。

――ここ三ヶ月ちょっとの記憶がなくなっていた以外は。

お医者さん曰く、高熱が原因だろうとのことだったけれど、結局その期間の記憶を取り戻すことはできなかった。記憶がなくなったことに関する検査もあったりして入院が長引き、三週間も休むことになったのだ。

「まあでも休み明けのテスト、受けなくてよかったからラッキーかなって」

「あ、それ再試するって言ってたよ」

「え、最悪！　もうちょっと休もうかな」

机に倒れ込むようにする私に、楓と咲葵は笑う。私もふたりに笑いかける。

そんな私に、咲葵は優しく微笑む。

「萌々果、入院する前より明るくなってない？」

「そう、かな？」

咲葵の言葉に私は、少し悩んでから口を開いた。

「両親と、話ができたからかも」

「ご両親と？」

「うん。入院中にね、今まで私がずっと苦しんでいたことを、両親の方から謝ってくれたの。それで、ちゃんと両親と向き合うことができたから。私のことも大切に想ってくれているんだって——そう思えたから。そしたら、もういい子でいなくていいやって思えたんだよね。だからもし前よりも明るくなったって感じるなら、悩みが一個減ったおかげかも」

そう言った瞬間、ひとつ前の席の男子の肩が小さく震えた気がした。気のせい、だろうか。そんなことを考えていると、楓は前のめりになるようにして声をあげた。

「萌々果、それって——」

「楓！」

なにか言いかけた楓を、咲葵が制止する。どうしたのかと首を傾げる私に、楓は「なんでもない」と呟くと、声のトーンを落として言った。

「——記憶、まったく戻らないの？」

「……うん」

私は苦笑いを浮かべながら答えた。

楓と咲葵、ふたりには事情を伝えてあった。これから先、わからないことが出てきたときに助けてもらうこともあると思うから。

「でも、ふたりのことはちゃんと覚えてるしね。ちょっと授業についていけなくて困るかもだけど」

一応ここ三ヶ月分の教科書には目を通したけれど、どうしても不安は残る。苦笑いを浮かべる私に、楓はそうじゃないと言わんばかりに口を開いた。

「勉強よりも！　蔵本のこと……！」

「楓！」

楓の言葉を遮るようにして、咲葵が声を荒らげる。咲葵の言葉に、楓ははっとしたような表情を浮かべ、それから小さな声で「ごめん」と呟いた。

けれど、私はそれどころじゃなかった。

「くら、もと……」

楓が言った名前を頭の中で何度も何度も繰り返す。この三週間、頭の中にモヤがかかったようでなにも思い出せない中、ずっと心の中に刻まれた名前があった。

「は……や、と……」

思わず呟いていた。それは、誰のものかも知らない、でもずっと忘れられなかった名前だった。

がたんという音を立てて、前の席に座っている男子が、私を振り向いた。

その人の姿を見た瞬間、理由なんてわからないけれど、胸の奥が苦しくなった。

顔も、名前も知らない。でも、なぜだろう。彼を見ると、心がこんなにも震えるのは。愛しくて、切なくて、それから——あたたかくなるのは。

無意識のうちに、そっと手を伸ばすと、彼の頬に触れた。

温かい、血の通った、頬に。

彼がこの場所にいることが、生きていることが、なぜこんなにも嬉しいのかわからない。でも。

「おかえり、萌々果」

そう言って微笑む彼に、気づけば私の頬を涙が伝い落ちていた。

「ただ、いま」

不意に口をついて出た言葉。

自分で発したはずの言葉に、なぜか胸が引き裂かれそうなほどの痛みをあげた理由を、目の前の彼が涙を流しながらも柔らかな笑みを浮かべている理由を、私はまだ知らない――。

完

書き下ろし番外編

さあ恋をはじめよう

しんしんと降り続く雪を窓から見つめる。一年のうちで一番冷え込む二月。普段は滅多に雪が降らない私の住む街にも、朝から降り続いた雪が運動場を白く覆い尽くしていた。

積もるというほどではないけれど、歩けば薄らと足跡はつく。小学生の頃ならきっと、ドロドロの雪だるまを作って遊んだかもしれない。

そんなことを考えながら窓の外へ視線を向けていると、ひとつ前の席から声をかけられた。

「なに見てるの?」

「……っ、雪、だけど」

一瞬、言葉に詰まったあと、素っ気なく私は答える。けれど、私の愛想のない返事なんて別に気にもならないのか目の前の男子――蔵本隼都は「結構積もったね」なんてニコニコと笑いながら言う。

その表情に、心臓が高鳴り、胸が苦しくなる。そんなわけがあるわけないのに。

だって私は、蔵本のことをなにも知らないし、覚えていないのだから。

私の記憶にない三ヶ月の間に、蔵本は登校拒否をやめ再び学校に来るようになっていた。

それはとてもいいことだと思うし、下浦先生もさぞかしほっとしていることだろう。私だって学級委員という立場からすればよかったと思う。思うのだけれど。

「萌々果は雪って好き？」

馴れ馴れしく『萌々果』なんて呼び捨ててくる蔵本に対してどういう距離感でいればいいのかわからない。だから妙に距離を詰めてくる蔵本の存在が、私は苦手だった。

「――はぁ」

お弁当を広げながらため息をつく私を、楓と咲葵が心配そうな、それでいて複雑そうな表情を向けた。

「なんか気が重そうだね」

「重いというか……どうしたらいいかわからないというか」

「蔵本のこと？」

「……うん。早く三月になって席替えしてほしい」

卵焼きをお箸で突きながら、私はもう一度ため息をつく。

「蔵本のこと、嫌い？」

おずおずと咲葵が尋ねる。その言い方に含みを感じた。

「嫌いってわけじゃないけど」

それどころか、蔵本のことを見るとドキドキする。声を聞けばソワソワしてしまう。今だって、蔵本のことを話すだけでどうしようもなくくすぐったい。

心が蔵本のことを好きだと叫んでいる。でも、こんな感情、私は知らない。蔵本のことを好きになった記憶なんてない。だから。

「……苦手、かな。嫌うほど私は蔵本のことを知らないのに、蔵本は妙に私に絡んでくるでしょ」

「だから、それは！　萌々果が忘れてるだけで……！」

しびれを切らしたように楓は言う。この会話も何度も繰り返した。でも、私の答えは同じだ。

「私が忘れてるんだとしても、今の私にとって蔵本は知らない人なんだよ。ついこの間、始めて会ったクラスメイト。なのに……」

口にしてから、前の私だったらこんなこと言えなかったと気づく。他人の顔色を、目を気にして、自分の思いには蓋をしてきた。

なのに、今は——。

忘れてしまったはずなのに、自分が自分じゃなくなってしまっているみたいで、恐怖と、それから少しだけ居心地の悪さを感じる。

「そうかも、しれないけど」

自分自身の思考になんともいえない違和感を覚えていると、まだなにか言いたそうに楓が口をもごもごとさせる。その態度に、少しだけ悲しくなってしまう。

「……そりゃ、思い出せない私が悪いのかもしれないけど……でも、私だって目が覚めたら急に三ヶ月経ってますって言われて戸惑ってるのに……」

私の言葉に、楓はハッとしたように目を見開いた。

「ごめん！」

ギュッと私の手を掴むと、楓はもう一度「ホントにごめん！」と頭を下げた。

「そうだよね、萌々果だっていろんなことが変わっててビックリしたり困ったりしてるよね。なのに、私……」

泣きそうな表情を浮かべた楓は、握りしめる手に力を込めた。

「ただ……、その、萌々果は覚えてないと思うけど、蔵本と一緒にいたときの萌々果がすごく楽しそうだったから。思い出せたら嬉しいだろうなって、そう思って」

「そっか……。私のため、かぁ」

楓が悪い子ではないとわかっている。まっすぐで思い込んだら一直線で。でも、人の傷付くようなことは絶対にしない。そんな楓だからこそ、あまりにも蔵本の方を持つから、私より蔵本の気持ちを優先してるのかと思って寂しく感じていたけれど、全部私のため――。

そう言われてしまうと、蔵本の、というより楓の想いを無下にすることはできない。

それに、もしかしたら蔵本なら、私の感じているこの言いようのない気持ち悪さの正体を教えてくれるかもしれない。

「私ね、ずっと蔵本のことでモヤモヤしてるの。でも、そのモヤモヤの正体がわからなくて」

ドキドキ、というのは恥ずかしくて、少しだけ言葉を濁してしまう。でも、ふたりはちゃんとわかっていてくれてるようで、静かに頷く。

「蔵本が悪い人じゃないのは、わかる。でも、だからってどういう態度を取ればいいかわからない。蔵本が話しかけているのは私が知らない三ヶ月間の私であって、今の私じゃないから」

どうにもならない感情がしんどくて、視線を机に向ける。

きっと蔵本は、私のことが好き、なんだと思う。蔵本の態度のひとつひとつが、声色が、視線が感情を伝えてくる。

だからこそ苦しい。私の心が蔵本を求めている。でも、その私は私であって『私』じゃない。蔵本が求めているのも私であって『私』じゃない。

蔵本が好きになったのも、蔵本を好きになったのも、私じゃない『私』で。

「そういう不安な気持ちとか、全部蔵本に伝えてみたらどうかな」

咲葵の言葉に、私は顔を上げた。

「モヤモヤしてるまま逃げてるよりも、きっと蔵元本人に向き合ってみる方が答えも出るんじゃないかな」

「向き合ってみる……」

「誰かと本気で向き合うのは怖いけど、でも萌々果ならきっと大丈夫だよ」

楓も「私もそう思う！」と咲葵の言葉を後押しする。

こんなふうにふたりから思ってもらえる関係性を、私が忘れた三ヶ月間で築いたのかと思うと、胸の奥がチリッと痛んだ。

でも、ふたりの言葉は私の背中を押してくれる。『萌々果ならできる』と、ふたりが伝えてくれているのは、今の私だ。

「私、頑張ってみる」

私の知らない『私』のことを気にし続けるのは嫌だ。咲葵や楓と、それから蔵本と、これから一緒の時間を過ごすのは私なんだから。

その日の放課後、私は帰る準備を終える。ひとつ前の席に座る蔵本は、まだなにかをしているのか、机の中をガサゴソと探っていた。

自分が緊張しているのがわかる。ふう、と息を吐き出すと、私は蔵本の背中に声をかけた。

「あの、」

「え？」

驚いたような声をとともに振り返った蔵本は、嬉しさを隠すことなく顔をほころばせていた。

「どうしたの？　萌々果から声をかけてくれるなんて」

「えっと、あのね」

なんと言えばいいだろう。授業中にたくさん考えたはずなのに、いざ蔵本を目の前にすると上手く言葉が出てこない。

口ごもる私に蔵本は嫌な顔をするどころか、優しい表情を浮かべてみせた。

「ね、一緒に帰ろうよ」

カバンを持って立ち上がる蔵本に頷くと、私も席を立つ。ふたりで教室を出て行く私たちに、クラスメイトはなにも言わない。まるでそれが当たり前とでも思っているかのように。

黙ったまま、蔵本の隣を歩く。少しゆっくりめに歩いてくれていると気づいたのは、周りを歩く他の男子たちが蔵本よりも足早に通り過ぎていっていたから。

私に、合わせてくれてる。

優しい人なんだ、と思う。以前の私は、そういうところに惹かれたんだろうか。

でも、私は――。

「なにか、話したいことがあるんじゃない？」

こちらを向いた蔵本は、ふわっと笑みを浮かべた。

「どうしてそう思ったの？」

「ん？　だって、なにか言いたそうに俺の方見てたから」

「見てたって……」

蔵本は正面を向いて歩いていたはずなのに、適当なことを言わないで。そう言おうと思ったけれど、蔵本の表情は嘘を吐いているように見えなかった。

「それで？　どうしたの？」

蔵本の言葉は優しくて、焦らす感じでも急かすようでもなくて、それがどうしようもなく心地よくて、言葉が私の口から自然とこぼれた。

「……私は、あなたのことを知らない」

一瞬、蔵本が息を呑んだのがわかった。傷つけた。そう思ったときには、もうあとの祭りで、一度口から出た言葉はなかったことにはできない。

「――うん、わかってる」

気まずさから俯いてしまいそうになった私の耳に届いたのは、どこか悲しそうで、それでいて仕方がないと諦めている、そんな声だった。

隣を歩く蔵本の方を反射的に向くと、傷付いたのを隠すかのような苦笑いを浮かべていた。

でも、その表情は私に向けられているものじゃないことは、明白で。そんな顔をさせてしまうぐらい、蔵本が『私』のことを想っていたのだと言われているみたいで、胸が苦しくなると同時に、少しだけ腹立たしかった。

「私は、あなたの知ってる『私』じゃない」

「萌々果？」

「萌々果って呼ばないで。私は、蔵本に『萌々果』なんて呼ばれるような関係じゃない！　私にとってあなたは、ずっと学校を休んでて、つい先日はじめて会った人なの。友達でも、ましてや恋人でもないんだから！」

一気にまくし立てたせいで、咽《む》せそうになるのを必死に堪える。蔵本がどう思うかなんて気にする余裕はなかった。

きっと傷つけた。嫌な思いをさせた。もう私のことなんて嫌いになったかもしれない。でも、その方が良い。蔵本が想ってくれるような感情を、私は蔵本に返せない。忘れてしまった三ヶ月を思い出せる保証だってない。それなら、いっそ私のことなんて嫌いになって、それで——。

「山瀬」

蔵本に苗字で呼ばれ、思考が止まった。嫌いになってくれればいいと本気で思っていたはずなのに、『萌々果』と馴れ馴れしく呼ばないでほしかったはずなのに、呼び方が変わっただけでぐんっと距離を感じる。

「……な、に」

動揺を気取られないように返事をするけれど、声が震えているのが自分でもわかった。けれど蔵本はそれには触れることなく、ふっと笑った。

「やっぱり、萌々果は萌々果だね」

「意味わかんない」

「前のもも——山瀬も、同じように言ってた。俺が好きな萌々果は自分じゃないって。でも、俺にとってはどの萌々果も大事で大切で、大好きなんだよ。どんな萌々果だって、俺は何度でも好きになる。何度でも好きになって、大好きだよって伝えるから」

「何度、でも？」

「そう。他人のことを気にして、自分の気持ちを後回しにしてしまうところも、誰かのために全力で頑張れるところも大好きだ。そんな萌々果だから、山瀬だから、俺は君の代わりに君を全力で守りたいって大事にしたいって思ってる」

蔵本の言ってる言葉はよくわからない。でもひとつだけたしかなのは、今の蔵本が伝えようとしているのは、私だ。すぐそばに立つ私に伝わるように、言葉を紡いでくれている。

「山——」

「……萌々果でいい」

「え？」

「山瀬って呼ばれるより、萌々果って呼ばれるほうが好き」

「そっか。じゃあ、萌々果」

蔵本はそっと私の手を握りしめた。

その瞬間、全身に電流が走ったみたいにビリリと痺れたような感覚になる。

今のは、いったい。

「萌々果が三ヶ月間のことを思い出せなくてもいい。誰かの代わりじゃない。俺は、今目の前にいる萌々果と一緒にいたいんだ。今の萌々果に、俺のことを好きになってほしい」

「……好きに、ならなかったら？」

まるで好きになることが当然とでも言わんばかりの蔵本の態度に、ついいじわるなことを言ってしまう。

私の言葉に蔵本は、一瞬面食らったような表情を浮かべたあと、ふはっと笑った。

「好きになるまで、そばにいるよ。だから、俺と新しい恋をしよう。萌々果が忘れてしまった一〇〇日の続きじゃなくて、新しい一日目を俺とはじめよう」

蔵本がそう言って笑顔を私に向けるから、私も思わず笑って蔵本を見る。

そっと手を握り返すと、蔵本は嬉しそうに笑う。繋いだその手のぬくもりは優しくて、泣きたいぐらいにあたたかかった。


「……ねえ、」

手を繋いで歩きながら、私は隣を歩く蔵本に尋ねる。

「前の私は、蔵本のことなんて呼んでたの？」

「え、あー『隼都くん』かな。でも、なんで？」

不思議そうに蔵本が首を傾げるから、私は――。

「じゃあ私は、隼都って呼ぶから！」

「へっ」

間の抜けた顔をする隼都から手を離すと駆け出し、そして振り返った。

「隼都、またね！　また明日！」

立ち尽くした隼都の頬が赤くなっていたのは夕日に照らされたから、だけじゃない。

あとがき

初めましての方も、そしていつもお読みくださっている方も、こんにちは。望月くらげです。

この度は『神様がくれた、一〇〇日間の優しい奇跡』文庫版をお手に取ってくださり、ありがとうございます。

このお話は、二〇二三年六月に単行本として刊行していただいた作品を、加筆修正し、さらに書き下ろし追加したものとなります。単行本で読んでいただいた方も、初めての方も、ぜひ萌々果と隼都の物語を楽しんでいただければ嬉しいです。

文庫化にあたり、書き下ろした作品『さあ恋をはじめよう』で、久しぶりに萌々果と隼都に出会いました。

萌々果は本編よりも少しだけ明るくなっていて、自分の気持ちを友人たちに伝えることができるようになっています。

隼都は生きることを諦めていたころより前向きになっていて、萌々果に対する好きという気持ちを隠さずにいます。

一〇〇日間を過ごし、お互いに変わったふたりのその後の姿を、少しだけ見守ってやってもらえると嬉しいです。

こうして再び萌々果と隼都の物語を紡ぐことができたのは、単行本を読んで応援してくださったたくさんの方々のおかげです。本当にありがとうございます。

文庫化して、また新しい読者の方と出会えて、萌々果と隼都の物語が誰かのもとに届くこと、本当に幸せなことだなと改めて思います。

生きていると、悲しいことや悔しいこと、どうにもならないことがたくさんあります。自分じゃどうすることもできなくて、諦めなきゃいけないこともあると思います。そんなとき、この物語が、読んでくださった方のつらい気持ちや悲しい想いを、ほんのひとときでも忘れられるような、そんな存在になっていればこれほど嬉しいことはありません。

この本を手に取ってくださり、そしてここまで読んでくださり本当にありがとうございました。

またどこかで皆様と出会えることを、心から願って。

望月くらげ

この物語はフィクションです。実在の人物、団体等とは一切関係がありません。

本書は二〇二三年六月に小社・スターツ出版より単行本刊行されたものに、一部加筆・修正したものです。

望月くらげ先生へのファンレターのあて先
〒104-0031　東京都中央区京橋1-3-1　八重洲口大栄ビル7F
スターツ出版（株）書籍編集部 気付
望月くらげ先生

神様がくれた、100日間の優しい奇跡

2024年12月28日　初版第1刷発行

著　者　望月くらげ　©Kurage Mochizuki 2024

発 行 人　菊地修一
デザイン　フォーマット　西村弘美
　　　　　カバー　齋藤知恵子
発 行 所　スターツ出版株式会社
　　　　　〒104-0031
　　　　　東京都中央区京橋1-3-1　八重洲口大栄ビル7F
　　　　　TEL　03-6202-0386（出版マーケティンググループ）
　　　　　TEL　050-5538-5679（書店様向けご注文専用ダイヤル）
　　　　　URL　https://starts-pub.jp/
印 刷 所　大日本印刷株式会社

Printed in Japan

ISBN　978-4-8137-1679-2　C0193